Flora y Ulises

Las aventuras iluminadas

GRANTRAVESÍA

KATE DICAMILLO

Flora y Ulises

Las aventuras iluminadas

ilustrado por

K. G. Campbell

traducción de
José Manuel Moreno Cidoncha

GRANTRAVESÍA

Flora y Ulises. Las aventuras iluminadas

Título original: *Flora & Ulysses: The Illuminated Adventures*

© 2013 Kate DiCamillo, por el texto
© 2013 K. G. Campbell, por las ilustraciones

© 2013 José Manuel Moreno Cidoncha, por la traducción

Este libro está compuesto en tipografía Dante MT.
Las ilustraciones están hechas a lápiz.

El fragmento de "Gott spricht zu jedem nur... / Dios nos habla a cada uno..." está extraído
de *El libro de horas* de Rainer Maria Rilke.

Esta edición se ha publicado según acuerdo con Walker Books Limited, London SE11 5HJ.

D.R. © Editorial Océano, S.L.
Milanesat 21-23, Edificio Océano, 08017 Barcelona, España
www.oceano.com

D.R. © Editorial Océano de México, S.A. de C.V.
Blvd. Manuel Ávila Camacho 76, piso 10, 11000 México, D.F., México
www.oceano.mx
www.oceanotravesia.mx

Primera edición: 2014

ISBN: 978-607-735-412-3
Depósito legal: B-17207-2014

IMPRESO EN ESPAÑA / PRINTED IN SPAIN

9003917010914

Para Andrea y Heller, mis superhéroes.
K. D.

Para papá, y lo que nos dejó.
K. G. C.

EN LA COCINA DE LOS TICKHAM,
A ÚLTIMA HORA DE UNA TARDE DE VERANO...

¡EH! PERO ¿QUÉ...?

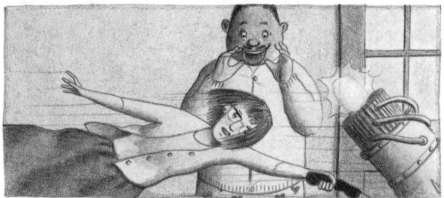

Y ASÍ ES COMO TODO EMPEZÓ.
CON UNA ASPIRADORA.
EN SERIO.

CAPÍTULO UNO
Una cínica irremediable

*F*lora Belle Buckman trabajaba en su habitación. Estaba muy ocupada, haciendo dos cosas a la vez. Por un lado, ignoraba a su madre y, por otro, leía un cómic titulado *Las aventuras iluminadas del increíble ¡Incandesto!*

—Flora —gritó su madre—. ¿Qué estás haciendo ahí arriba?

—Estoy leyendo —gritó en respuesta Flora.

—¡Acuérdate del contrato! —exclamó su madre—. ¡No te olvides del contrato!

Al inicio del verano, en un momento de debilidad, Flora había cometido el error de firmar un contrato que decía que "se esforzaría por apartar su atención de los estúpidos cómics y dirigirla a la sabiduría iluminadora de la verdadera literatura".

Esas eran las palabras exactas del contrato. Eran las palabras de su madre.

La madre de Flora era escritora. Cuando se divorció, comenzó a escribir novelas románticas.

Y habla de cómics estúpidos...

Flora odiaba las novelas románticas.

De hecho, odiaba lo romántico.

—Odio las historias románticas —dijo Flora en voz alta para sí misma. Le gustaba la forma en que sonaban las palabras. Las imaginaba flotando por encima de ella dentro de un globo, como en los cómics. Era reconfortante tener palabras suspendidas sobre su cabeza. Sobre todo si eran palabras negativas sobre lo romántico.

ODIO LAS HISTORIAS ROMÁNTICAS.

La madre de Flora la había acusado con frecuencia de ser una "cínica irremediable".

Flora sospechaba que era cierto.

¡ERA UNA CÍNICA IRREMEDIABLE QUE VIVÍA DESOBEDECIENDO LOS CONTRATOS!

"Sí", pensó Flora, "esa soy yo". Inclinó su cabeza y retomó la lectura sobre el increíble Incandesto.

Unos minutos más tarde fue interrumpida por un ruido muy fuerte.

Sonó como si un avión hubiera aterrizado en el jardín trasero de los Tickham.

—¿Qué demonios? —exclamó Flora. Se levantó de su escritorio, miró por la ventana y vio a la señora Tickham corriendo por el jardín con una enorme y resplandeciente aspiradora.

Parecía como si estuviera aspirando el jardín.

"No puede ser", pensó Flora. "¿Quién aspira su jardín?".

En realidad, no parecía que la señora Tickham supiera lo que estaba haciendo.

Era como si la aspiradora estuviera al mando de la situación. Y la aspiradora parecía estar mal de la cabeza. O del motor. O algo así.

—Le faltan unos cuantos tornillos —dijo Flora en voz alta.

Y entonces vio cómo la señora Tickham y la aspiradora se abalanzaron sobre una ardilla.

—Eh, un momento —dijo Flora.

Golpeó la ventana.

—¡Cuidado! —gritó—. ¡Va a aspirar a esa ardilla!

Tras pronunciar estas palabras tuvo la extraña sensación de verlas suspendidas encima de su cabeza.

¡VA A ASPIRAR A ESA ARDILLA!

"Es imposible adivinar qué tipo de frases puede llegar a decir uno", pensó Flora. "Por ejemplo, ¿a quién se le ocurriría que alguien podría gritar: '¡Va a aspirar a esa ardilla!'?".

Sin embargo, las palabras resultaron inútiles. Flora estaba demasiado lejos. La aspiradora era demasiado ruidosa. Y parecía tener una tendencia destructiva.

—Este crimen debe ser impedido —dijo Flora con una voz profunda y superheroica.

"Este crimen debe ser impedido" era la frase que el modesto conserje Alfred T. Slipper decía siempre antes de transformarse en el increíble Incandesto y convertirse en una imponente antorcha de luz en la lucha contra el hampa.

Desafortunadamente, Alfred T. Slipper no estaba allí.

¿Dónde estaba Incandesto cuando uno lo necesitaba?

No es que Flora creyera realmente en los superhéroes. Pero aun así…

Permaneció de pie ante la ventana y observó cómo la ardilla era aspirada.

Plaf. Pfff.

—¡Santa bagumba! —exclamó Flora.

CAPÍTULO DOS
La mente de una ardilla

*E*n la mente de una ardilla no suceden demasiadas cosas.

La mayor parte de aquello que se conoce vagamente como "el cerebro de la ardilla" está dedicada a un solo pensamiento: la comida.

La reflexión más común de una ardilla es algo parecido a esto: "Me pregunto qué hay para comer".

Este "pensamiento" se repite con pequeñas variaciones (por ejemplo: "¿Dónde está la comida? ¡Caramba! Tengo mucha hambre. ¿Eso es un pedazo de comida?" y "¿Hay más comida?") unas seis o siete mil veces al día.

Todo esto para decir que cuando la ardilla fue aspirada por la Ulises 2000X en el jardín trasero de los Tickham, no tenía muchos pensamientos verdaderamente profundos rondando por su cabeza.

Cuando la aspiradora se le acercó rugiendo, no pensó, por ejemplo: "¡Por fin, aquí viene el destino a mi encuentro!".

Tampoco pensó: "¡Oh, por favor, dame otra oportunidad y me portaré bien!".

Lo que pensó fue: "¡Caramba! Tengo mucha hambre".

Entonces se escuchó un terrible rugido y fue succionada súbitamente.

En ese momento, no hubo pensamientos en su cabeza de ardilla, ni siquiera pensamientos sobre comida.

CAPÍTULO TRES
La muerte de una ardilla

*A*l parecer, tragarse a una ardilla era demasiado, incluso para la poderosa, indomable, todoterreno Ulises 2000X. La máquina de cumpleaños de la señora Tickham dejó escapar un vacilante estruendo y fue dando trompicones hasta detenerse.

La señora Tickham se inclinó y bajó la mirada hacia la aspiradora.

Había una cola que salía de ella.

—Santo cielo —dijo la señora Tickham—, ¿y ahora qué?

Se puso de rodillas y le dio un tímido tirón a la cola. Se levantó. Miró alrededor del jardín.

—¡Socorro! —exclamó—. Creo que he matado a una ardilla.

CAPÍTULO CUATRO
Una cínica sorprendentemente servicial

*F*lora salió de su habitación. Bajó a toda prisa las escaleras. Y mientras corría, pensaba: "Para ser una cínica, soy una persona sorprendentemente servicial".

Salió por la puerta de atrás.

—¿Adónde vas, Flora Belle? —la llamó su madre.

Flora no le respondió. Nunca responde a su madre cuando la llama Flora Belle.

A veces tampoco responde a su madre cuando la llama Flora.

Flora corrió a través del césped crecido y sorteó de un solo salto la cerca que divide el jardín de su casa del de los Tickham.

—¡Hágase a un lado! —gritó. Le dio un empujón a la señora Tickham y agarró la aspiradora. Pesaba mucho. La levantó y la movió. No ocurrió nada. La sacudió con más fuerza. La ardilla cayó del aparato y aterrizó con un ruido sordo en el césped.

No se veía del todo bien.

Le faltaba un montón de pelo. Flora supuso que habría sido aspirado.

Sus párpados temblaban. Su pecho subía y bajaba y subía otra vez.

Y entonces dejó de moverse por completo.

Flora se arrodilló. Puso un dedo en el pecho de la ardilla.

Al final de cada ejemplar de *Las aventuras iluminadas del increíble ¡Incandesto!* había una serie de historietas de regalo. De esas historietas, una de las preferidas de Flora se llamaba *¡COSAS TERRIBLES QUE PUEDEN SUCEDERTE A TI!* Ya que era una cínica, Flora pensaba que era prudente estar preparada. ¿Quién sabe qué circunstancia horrible e imprevisible podría suceder en cualquier momento?

¡COSAS TERRIBLES QUE PUEDEN SUCEDERTE A TI! explicaba cómo actuar si uno consumía fruta de plástico sin darse cuenta (esto ocurre más a menudo de lo que cabría suponer: hay fruta de plástico que luce muy real); cómo realizar la maniobra de Heimlich en tu anciana tía Edith si se atraganta con un trozo de carne fibrosa en un bufet de "todo lo que puedas comer"; qué hacer si llevas puesta una camisa a rayas y aparece un enjambre de langostas (huye: las langostas comen rayas); y, por supuesto, cómo aplicar la técnica de primeros auxilios preferida por todos: la reanimación cardiopulmonar o RCP.

¡COSAS TERRIBLES QUE PUEDEN SUCEDERTE A TI! no explicaba, sin embargo, cómo aplicar la reanimación cardiopulmonar a una ardilla.

—Lo averiguaré —dijo Flora.

—¿Qué averiguarás? —preguntó la señora Tickham.

Flora no le respondió. En vez de eso, se inclinó y colocó su boca sobre la de la ardilla.

Tenía un sabor raro.

Si se viera obligada a describirlo, diría que sabía exactamente como una ardilla: peluda, húmeda y con un ligero toque almendrado.

—¿Te has vuelto loca? —exclamó la señora Tickham.

Flora no le hizo caso.

Insufló aire en la boca de la ardilla. Presionó su diminuto pecho.

Y empezó a contar.

CAPÍTULO CINCO
La ardilla obedeció

*A*lgo extraño le había sucedido al cerebro del animal. Las cosas se habían quedado en blanco, en negro. Y entonces, en esa negra blancura, apareció una luz tan hermosa, tan brillante, que la ardilla tuvo que apartar la vista.

Una voz le habló.

—¿Qué? —preguntó la ardilla.

La luz brilló aún más.

La voz volvió a hablar.

—Está bien —dijo la ardilla—. ¡Por supuesto!

La ardilla no sabía exactamente en qué estaba de acuerdo, pero no le importó. Era tan feliz. Estaba flotando en un gran lago de luz y la voz cantaba para ella. ¡Oh, fue maravilloso! Lo mejor que le había pasado nunca.

Y entonces se produjo un fuerte ruido.

La ardilla escuchó otra voz. Esta voz estaba contando. La luz se desvaneció.

—¡Respira! —gritó la nueva voz.

La ardilla obedeció. Tomó una respiración profunda y trémula. Y luego otra. Y otra.

La ardilla volvió a la vida.

CAPÍTULO SEIS
En caso de ataque

*B*ueno, está respirando —dijo la señora Tickham.

—Sí —dijo Flora—. Así es —y sintió una oleada de orgullo. La ardilla se dio la vuelta hasta quedar boca abajo. Alzó la cabeza. Tenía los ojos vidriosos.

—Por el amor de Dios —exclamó la señora Tickham—. Mírala.

La señora Tickham soltó una risita. Negó con la cabeza. Y entonces comenzó a reírse a carcajadas. Siguió carcajeándose. Se rio y se rio y se rio. Se rio con tanta fuerza que comenzó a temblar.

¿Le estaba dando un ataque?

Flora intentó recordar qué aconsejaba *¡COSAS TERRIBLES QUE PUEDEN SUCEDERTE A TI!* en caso de ataque. Tenía algo que ver con quitar la lengua de en medio o fijarla con un palo. O algo así.

Flora le había salvado la vida a la ardilla; no veía por qué no podía salvar también la lengua de la señora Tickham.

El sol descendió un poco más. La señora Tickham continuaba riéndose histéricamente.

Y Flora Belle Buckman comenzó a mirar alrededor del jardín trasero de los Tickham en busca de un palo.

CAPÍTULO SIETE
El alma de una ardilla

*L*a ardilla caminó con paso vacilante.

Sentía su cerebro más grande, más espacioso. Era como si en el cuarto oscuro de su ser, varias puertas (puertas que ni siquiera sabía que existían) se hubieran abierto de par en par repentinamente.

Todo estaba impregnado de significado, propósito, luz.

Sin embargo, la ardilla era todavía una ardilla.

Y tenía hambre. Mucha hambre.

¿QUIÉN PUEDE IMAGINAR LAS MARAVILLAS OCULTAS EN LOS SERES MÁS MUNDANOS?

CAPÍTULO OCHO

Información útil

*F*lora y la señora Tickham se dieron cuenta al mismo tiempo.

—La ardilla —dijo Flora.

—La aspiradora —dijo la señora Tickham.

Ambas miraron a la Ulises 2000X y a la ardilla, que sostenía la aspiradora sobre su cabeza con una pata.

—No puede ser —dijo la señora Tickham.

La ardilla sacudió la aspiradora.

—No puede ser —repitió la señora Tickham.

—Eso ya lo ha dicho —dijo Flora.

—¿Me estoy repitiendo?

—Se está repitiendo.

—Tal vez tenga un tumor cerebral.

Sin duda era posible que la señora Tickham tuviera un tumor cerebral. Flora sabía, gracias a la lectura de *¡COSAS TERRIBLES QUE PUEDEN SUCEDERTE A TI!*, que un número sorprendente de personas caminaban por ahí con tumores en el cerebro sin ni siquiera saberlo. Eso es lo que sucede con la tragedia. Está allí sentada, haciéndote compañía, esperando. Y tú sin tener la menor idea.

Este es el tipo de información útil que puedes obtener de los cómics si prestas atención.

El otro tipo de información que se extrae de la lectura habitual de cómics (más concretamente de la lectura habitual de *Las aventuras iluminadas del increíble ¡Incandesto!*) es que suceden cosas imposibles todo el tiempo.

Por ejemplo, los héroes —los superhéroes— nacen de circunstancias ridículas y poco probables: picaduras de arañas, derrames químicos, desplazamientos planetarios y, en el caso de Alfred T. Slipper, de la inmersión accidental en un tanque de tamaño industrial que contenía un líquido limpiador llamado ¡Incandesto! El Amigo Incondicional del Trabajador Profesional de Limpieza.

—No creo que usted tenga un tumor cerebral —dijo Flora—. Debe haber otra explicación.

—Ajá —exclamó la señora Tickham—. ¿Y cuál es esa otra explicación?

—¿Alguna vez ha oído hablar de Incandesto?

—¿Qué? —preguntó la señora Tickham.

—Quién —aclaró Flora—. Incandesto es una persona. Es un superhéroe.

—De acuerdo —dijo la señora Tickham—. ¿Y qué tiene eso que ver?

Flora levantó la mano derecha. Señaló con un dedo a la ardilla.

—No estarás insinuando... —dijo la señora Tickham.

La ardilla puso la aspiradora en el suelo. Permaneció inmóvil. Observó a ambas. Sus bigotes se movían y temblaban. Había migas de galleta en su cabeza.

Era una ardilla.

¿Podría ser también un superhéroe? Alfred T. Slipper era un conserje. La mayor parte del tiempo, la gente no le prestaba atención. A veces (de hecho, a menudo) lo trataban con desprecio. No tenían ni idea de sus increíbles actos de heroísmo, de la luz cegadora contenida en su rutinario aspecto exterior.

Únicamente el periquito de Alfred, Dolores, sabía quién era y lo que podía hacer.

—El mundo no lo comprenderá —dijo Flora.

—¡Por supuesto que sí! —exclamó la señora Tickham.

—¿Tootie? —gritó el señor Tickham desde la puerta trasera—. ¡Tootie, tengo hambre!

¿*Tootie*?

¡Qué nombre tan ridículo!

Flora no pudo resistir la tentación de decirlo en voz alta:

—Tootie —le dijo—. Tootie Tickham. Escuche, Tootie. Vaya adentro. Dele de comer a su marido y no le cuente nada de esto ni a él ni a nadie.

—Está bien —dijo Tootie—. No contar nada. Darle de comer a mi marido. De acuerdo, está bien —comenzó a caminar lentamente hacia su casa.

—¿Has terminado de aspirar? —gritó el señor Tickham—. ¿Qué tal la Ulises? ¿La vas a dejar allí tirada?

—Ulises —susurró Flora.

Flora sintió un escalofrío que la recorrió desde la nuca hasta la base de su espina dorsal. Ella podría ser una cínica irremediable, pero sabía reconocer la palabra correcta cuando la escuchaba.

—Ulises —repitió.

Se agachó y le tendió la mano a la ardilla.

—Ven aquí, Ulises —dijo.

CAPÍTULO NUEVE
El mundo entero en llamas

*E*lla le habló a la ardilla.

Y la ardilla le entendía.

Lo que la chica dijo fue:

—Ulises. Ven aquí, Ulises.

Y, sin pensarlo, la ardilla se acercó a ella.

—Todo está bien —dijo.

Y él le creyó. Fue asombroso. Todo era asombroso. El sol del atardecer iluminaba cada brizna de hierba. Se reflejaba en las gafas de la chica. Formaba un halo de luz alrededor de su cabeza redonda y ponía el mundo entero en llamas.

La ardilla pensó: "¿Cuándo se volvieron las cosas tan hermosas? Y si ha sido todo el tiempo así, ¿por qué no me había dado cuenta?".

—Escúchame —dijo la chica—. Mi nombre es Flora y el tuyo Ulises.

"Bien", pensó la ardilla.

Ella acercó su mano. Lo recogió y lo acunó en su brazo izquierdo.

Él no sentía otra cosa que felicidad. ¿Por qué había estado siempre tan asustado de los seres humanos? No podía imaginarlo.

En realidad, sí podía imaginarlo.

Recordaba la época del chico de la escopeta de balines.

A decir verdad, había tenido una gran cantidad de incidentes con humanos (ya fuera con escopetas de balines

o sin ellas), y todos habían sido violentos, aterradores y espeluznantes.

¡Pero esto era una vida nueva! Y él era una ardilla transformada.

Se sentía espectacular. Fuerte, inteligente, capaz; y también, hambriento.

Estaba muy, muy hambriento.

CAPÍTULO DIEZ
Contrabando de ardilla

*L*a madre de Flora se encontraba en la cocina. Estaba escribiendo. Lo hacía en una vieja máquina de escribir y, cuando golpeaba las teclas, la mesa de la cocina temblaba y los platos traqueteaban en las estanterías y los cubiertos chirriaban en los cajones como si fueran una especie de alarma metálica.

Flora había llegado a la conclusión de que esta era una de las razones por la cual sus padres se habían divorciado. No por el ruido de la escritura, sino por la escritura en sí. En concreto, por la escritura de historias románticas.

El padre de Flora le había dicho:

—Creo que tu madre está tan enamorada de sus libros de amor que ha dejado de amarme a mí.

Y su madre le había dicho:

—¡Ja! Tu padre está tan lejos de toda realidad que no reconocería el amor aunque se parara en su sopa y cantara.

A Flora le resultaba difícil imaginar qué podría estar haciendo el amor en un plato de sopa y cantando, pero esta era la clase de frases sin sentido que decían sus padres. Y esas palabras se las dirigieron el uno al otro, a pesar de fingir que estaban hablando con Flora.

Todo esto era bastante desesperante.

—¿Qué estás haciendo? —le preguntó su madre. Tenía una paleta en la boca. Eso hacía que sus palabras sonaran rocosas y afiladas. Antes, su madre fumaba y luego lo dejó, pero todavía necesitaba tener algo en la boca cuando escribía, por lo que consumía una gran cantidad de paletas. Esta tenía sabor a naranja. Flora reconocía el olor.

—Oh, nada —respondió y miró a la ardilla en su regazo.

—Bien —dijo su madre. Sin levantar la vista, presionó la tecla de retorno en la máquina de escribir y siguió tecleando—. ¿Estás todavía ahí? —preguntó. Escribió algunas palabras más y pulsó de nuevo la tecla de retorno—. Tengo poco tiempo para entregar este trabajo y es difícil concentrarse teniéndote de pie junto a mí y respirando de esa manera.

—Podría dejar de respirar —dijo Flora.

—Oh, no seas ridícula —exclamó su madre—. Sube las escaleras y lávate las manos. Vamos a cenar pronto.

—Está bien —dijo Flora. Pasó detrás de su madre y se dirigió a la sala, todavía con Ulises entre sus brazos. No parecía posible, pero era cierto. Había introducido de contrabando una ardilla en la casa. Y lo había hecho delante de las narices de su madre. O a sus espaldas. O algo así.

En la sala, al pie de la escalera, la lámpara con forma de pastorcita estaba esperando con una sonrisa, emplastada en su rostro entre mejillas sonrosadas.

Flora odiaba a la pastorcita.

Su madre había comprado la lámpara con las primeras ganancias de su primer libro: *Volando en las alas emplumadas de la alegría*, que era el título más estúpido que Flora había oído en su vida.

Su madre había mandado pedir la lámpara de Londres. Cuando la recibió, la desempaquetó y la enchufó, y luego aplaudió y dijo:

—Oh, es tan hermosa. ¿No es así? La amo con todo mi corazón.

La madre de Flora nunca le había dicho que ella fuera hermosa. Nunca le había dicho que la amaba a *ella* con todo su corazón. Por suerte, Flora era una cínica y no le importaba si su madre la amaba o no.

—Creo que voy a llamarla Mary Ann —había dicho su madre.

—¿Mary Ann? —preguntó Flora—. ¿Vas a ponerle nombre a una lámpara?

—Mary Ann, pastora de los perdidos —continuó su madre.

—¿Quién está perdido exactamente?

Pero su madre no se había molestado en responder a esa pregunta.

—Esta —le dijo Flora a la ardilla— es la pastorcita. Su nombre es Mary Ann. Desafortunadamente, ella vive aquí también.

La ardilla contempló a Mary Ann.

Flora entrecerró los ojos y miró a la lámpara.

Sabía que era ridículo, pero a veces sentía como si Mary Ann supiera algo que ella no sabía, como si la pastorcita guardara algún oscuro y terrible secreto.

—Estúpida lámpara —exclamó Flora—. Ocúpate de tus propios asuntos. Ocúpate de tus ovejas.

En realidad, era una sola oveja, un pequeño corderito acurrucado a los pies calzados con zapatillas de color rosa de Mary Ann. Flora siempre quería decirle a la pastorcita: "Si eres una pastora tan buena, ¿dónde están el resto de tus ovejas? ¿Eh?".

—Podemos simplemente ignorarla —le dijo Flora a Ulises.

Se apartó de la petulante y resplandeciente Mary Ann, y subió las escaleras hasta su cuarto, cargando a Ulises suave y cuidadosamente en sus brazos.

Ulises no resplandecía pero era sorprendentemente cálido para ser tan pequeño.

CAPÍTULO ONCE
Un gigantesco tanque
de ¡Incandesto!

*P*uso a Ulises en su cama, que parecía incluso más pequeño allí sentado bajo la brillante luz del techo.

También tenía un aspecto bastante pelón.

—Santo cielo —dijo Flora.

La verdad es que la ardilla no tenía una presencia muy heroica. Pero en su momento, tampoco la tenía el miope y modesto conserje, Alfred T. Slipper.

Ulises miró a Flora, y luego bajó la mirada a su cola. Parecía aliviado de verla. Inclinó su nariz y la olisqueó de arriba abajo.

—Espero que puedas entenderme —dijo Flora.

La ardilla levantó la cabeza y la miró fijamente.

—¡Vaya! —exclamó Flora—. Estupendo, está bien. Yo no puedo entenderte a ti. Y eso es un pequeño inconveniente. Pero vamos a encontrar una manera de comunicarnos, ¿de acuerdo? Asiente si comprendes lo que digo. De esta forma.

Flora asintió con la cabeza.

Y Ulises asintió en respuesta.

El corazón de Flora pegó un enorme salto en su pecho.

—Voy a tratar de explicarte lo que te ha pasado, ¿está bien?

Ulises asintió con la cabeza muy rápido.

Y de nuevo, el corazón de Flora pegó un enorme salto dentro de ella de una forma esperanzadora y extremadamente carente de cinismo. Cerró los ojos. "No albergues esperanzas", se dijo a sí misma. "No albergues esperanzas; mejor, observa".

"No albergues esperanzas; mejor, observa" era un consejo que aparecía a menudo en *¡COSAS TERRIBLES QUE PUEDEN SUCEDERTE A TI!* Según *¡COSAS TERRIBLES!*, a veces la esperanza entorpece la acción. Por ejemplo, si ves atragantarse a tu anciana tía Edith con un trozo de carne fibrosa del bufet y te quedas diciendo: "¡Vaya, realmente espero que no se esté ahogando!", perderías unos segundos preciosos de vida o muerte para realizar la maniobra de Heimlich.

"No albergues esperanzas; mejor, observa" eran palabras que a Flora, como cínica que era, le habían resultado extremadamente útiles. Ella se las repetía a sí misma todo el tiempo.

—De acuerdo —dijo Flora. Abrió los ojos y miró a la ardilla—. Lo que pasó fue que fuiste aspirado. Y a causa de eso es posible que tengas, ejem, poderes.

Ulises le dirigió una mirada inquisitiva.

—¿Sabes lo que es un superhéroe?

La ardilla siguió mirándola.

—De acuerdo —dijo Flora—. Por supuesto que no. Un superhéroe es alguien con poderes especiales, y que utiliza esos poderes para luchar contra las fuerzas de la oscuridad y el mal. Al igual que Alfred T. Slipper, que también es Incandesto.

Ulises parpadeó varias veces de forma nerviosa.

—Mira.

Flora tomó de su escritorio *Las aventuras iluminadas del increíble ¡Incandesto!* y señaló a Alfred con su uniforme de conserje.

—¿Ves? —dijo ella—. Este es Alfred y es un modesto, miope y tartamudo conserje, que trabaja limpiando el edificio de la compañía de seguros de vida Paxatawket. Él disfruta de una

vida tranquila en su departamento, con su periquito Dolores como única compañía.

Ulises miró la imagen de Alfred y luego alzó la vista hacia Flora.

—Está bien —dijo Flora—. Así que un día, Alfred hizo un recorrido por la fábrica del líquido de limpieza ¡Incandesto! y resbaló (Alfred T. Slipper, ¿comprendes?) en un tanque gigantesco de ¡Incandesto! y eso lo transformó. Así que ahora, cuando hay una situación crítica, cuando el crimen es patente, Alfred se transforma en…

Flora pasó las páginas del cómic y se detuvo en la viñeta que mostraba al brillante y poderoso Incandesto.

—¡Incandesto! —exclamó—. ¿Lo ves? Alfred T. Slipper se ha convertido en una fulgurante antorcha de luz, tan fastidiosamente brillante, que hasta los villanos más crueles tiemblan ante él y confiesan.

Flora se dio cuenta de que estaba gritando un poco.

Bajó la mirada a Ulises. Sus ojos parecían enormes en su pequeña cara.

Flora trató de sonar tranquila, razonable. Bajó la voz.

—Cuando se transforma en Incandesto —continuó Flora—, Alfred arroja luz en los rincones más oscuros del universo. Él puede volar. Además, visita a los ancianos. Y eso es un superhéroe. Y creo que tú también podrías ser uno. Al menos, creo que tienes superpoderes. Hasta ahora todo lo que sabemos de ti es que eres muy fuerte.

Ulises asintió e hinchó el pecho.

—¡Flora! —la llamó a gritos su madre—. Baja. La cena está lista.

—Pero ¿qué más puedes hacer? —le dijo Flora a la ardilla—.
Y si de verdad eres un superhéroe, ¿cómo combatirás el mal?

Ulises frunció el ceño.

Flora se agachó y puso su rostro junto al de la ardilla.

—Piensa en ello —le dijo—. Imagínate lo que seríamos
capaces de hacer.

—¡Flora Belle! —volvió a gritar su madre—. Puedo escucharte ahí arriba hablando sola. No deberías hablar sola. La
gente te oirá y pensará que eres rara.

—No estoy hablando sola —gritó Flora.

—Bueno, entonces, ¿con quién estás hablando?

—¡Con una ardilla!

Hubo un largo silencio abajo.

Y entonces su madre gritó:

—No tiene gracia, Flora Belle. ¡Baja aquí ahora mismo!

CAPÍTULO DOCE
Las fuerzas del mal

*C*uando Flora llegó al piso de arriba después de la cena, se encontró a Ulises acurrucado como un pequeño ovillo y dormido encima de su almohada. Ella extendió la mano y le tocó la frente con un dedo.

Sus ojos se movieron pero no se abrieron.

Cogió la almohada y la colocó con cuidado a los pies de la cama. Se puso la pijama, se acostó e imaginó las palabras

UNA ARDILLA SUPERHÉROE DESCANSABA A SUS PIES.
ELLA YA NO ESTABA SOLA

estampadas en el techo por encima de ella.

—Eso es totalmente cierto —dijo.

Antes del divorcio, antes de que su padre se mudara y se fuera a vivir a un departamento, a menudo se sentaba junto a ella por la noche y le leía en voz alta *Las aventuras iluminadas del increíble ¡Incandesto!* Era su cómic favorito. Al padre de Flora siempre le había entusiasmado leer acerca de Alfred T. Slipper y Dolores. Hacía una excelente imitación del periquito. "¡Santa bagumba!", decía imitando la voz de Dolores. "¡Santos incidentes imprevistos!".

"¡Santos incidentes imprevistos!" era lo que Dolores decía cuando sucedía algo realmente inesperado e increíble, que por lo general era en todo momento. La vida resultaba bastante emocionante si eras el periquito de Incandesto.

Flora se sentó y miró dormir a la ardilla.

—¡Santos incidentes imprevistos! —exclamó.

Sonaba mejor cuando lo decía su padre.

No es que lo hubiera dicho últimamente. Él ya no decía casi nada. Su padre había sido siempre un hombre triste y callado, pero desde el divorcio, se había vuelto aún más triste y más callado. Lo cual a Flora le parecía bien. En serio. A los cínicos no les gusta demasiado charlar.

Además, Alfred T. Slipper también era un hombre tranquilo. Por ejemplo, cuando estuvo haciendo el recorrido por la fábrica de ¡Incandesto! y cayó al tanque de ¡Incandesto!, no dijo ni una sola palabra. Ni siquiera "¡Uy!".

Sin embargo, las palabras habían aparecido sobre su cabeza, y el padre de Flora le había leído esas frases tantas veces que ella podía recitarlas de memoria:

**ÉL ES TAN SÓLO UN CONSERJE. PERO SE ATREVERÁ
A LUCHAR CONTRA LA OSCURIDAD DEL UNIVERSO.
¿DUDAS DE ÉL? NO LO HAGAS.
ALFRED T. SLIPPER VIVIRÁ PARA LUCHAR
CONTRA LAS FUERZAS DEL MAL.
¡Y SERÁ CONOCIDO POR EL MUNDO COMO INCANDESTO!**

Flora se tumbó. "Si la ardilla hubiera estado en un cómic", pensó, "¿qué palabras habrían aparecido por encima de su cabeza cuando fue succionado por la aspiradora?".

ÉL ES TAN SÓLO UNA ARDILLA.

¡Sí!

PERO PRONTO VENCERÁ A TODO TIPO DE VILLANOS,
DEFENDERÁ A LOS INDEFENSOS
Y PROTEGERÁ A LOS DÉBILES.

Eso también sonaba bien.

¡Y SERÁ CONOCIDO POR EL MUNDO COMO ULISES!

¡Santa bagumba! Cualquier cosa podría suceder. Juntos, ella y Ulises podrían cambiar el mundo. O algo así.

—No albergues esperanzas; mejor, observa —susurró para tratar de calmarse—. Simplemente observa a la ardilla.

Y entonces se quedó dormida.

CAPÍTULO TRECE
La máquina de escribir

*S*e despertó en la oscuridad. El corazón le latía muy rápido. Había sucedido algo. ¿Qué era?

No conseguía pensar.

Estaba demasiado hambriento para pensar.

Se sentó y miró alrededor de la habitación. Estaba en la cama, con los pies de Flora en su cara. Ella roncaba. Contempló el contorno de su cabeza redonda. Le encantaba esa cabeza.

Pero qué hambre tenía.

La puerta del cuarto estaba abierta. Ulises bajó de la almohada y salió de la habitación. Se deslizó a lo largo del pasillo oscuro. Bajó las escaleras y pasó delante de la pastorcita.

La casa estaba a oscuras, pero había una luz encendida en la cocina.

¡La cocina!

Ahí era exactamente dónde él necesitaba estar.

Alzó su nariz y olisqueó. Reconoció algo con olor a queso, maravilloso. Atravesó la sala y el comedor y llegó a la cocina. Subió a la cubierta. ¡Y allí estaba! Un solitario cheeto posado en el borde de la cubierta roja. Se lo comió. Estaba delicioso.

Tal vez habría más cheetos.

Abrió un armario. Y así era, había una gran bolsa con la hermosa palabra Quesomanía escrita al frente en letras doradas.

Comió hasta que la bolsa quedó vacía. Y luego eructó sutil y agradecidamente. Echó un vistazo alrededor de la cocina.

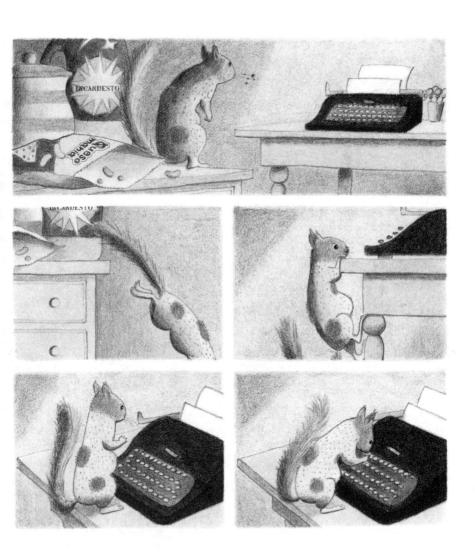

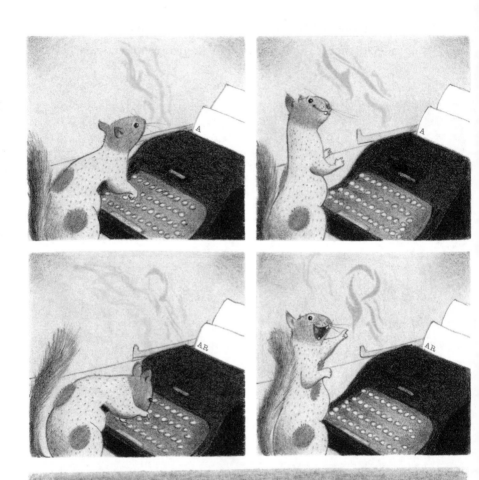

EN LA OSCURA COCINA,
LA MODESTA ARDILLA TRABAJABA LENTAMENTE.

SUS BIGOTES TEMBLABAN. SU CORAZÓN CANTABA.

¿ESTABA LUCHANDO CONTRA EL MAL?

¿QUIÉN PODRÍA SABERLO?

CAPÍTULO CATORCE
¡Ardiya!

*¡F*lora Belle Buckman! ¡Baja aquí ahora mismo!

—No me llames Flora Belle —murmuró Flora. Abrió los ojos.

La luz del sol iluminaba la habitación. Había estado soñando algo maravilloso. ¿Qué era?

Había soñado con una ardilla. En su sueño, la ardilla volaba con las patas estiradas hacia fuera y la cola extendida hacia atrás. ¡Se dirigía a salvar a alguien! Tenía un aspecto supremo, magnífico, heroico.

Flora se sentó y miró a sus pies. Allí estaba Ulises, durmiendo en la almohada. Y, en efecto, tenía un aspecto heroico. De hecho, brillaba. ¡Al igual que Incandesto! Pero con un color más anaranjado, exageradamente anaranjado.

—¿Qué demonios? —preguntó Flora.

Se inclinó sobre Ulises y alargó un dedo para tocar su oreja. Levantó el dedo hacia la luz. Queso. Estaba cubierto de polvo de queso.

—¡Oh, no! —exclamó Flora.

—¡Flora! —gritó su madre—. No estoy bromeando. ¡Baja aquí ahora mismo!

Flora bajó las escaleras y pasó delante de Mary Ann, cuyas mejillas brillaban con un saludable y repugnante color rosa.

—Estúpida lámpara —dijo Flora.

—¡Ya! —gritó la madre de Flora.

Flora echó a correr.

Encontró a su madre de pie en la cocina, enfundada en su bata, mirando fijamente la máquina de escribir.

—¿Qué es esto? —preguntó su madre, señalando la máquina de escribir.

—Tu máquina de escribir —respondió Flora.

Sabía que su madre estaba ensimismada y preocupada, pero esto era ridículo. ¿Cómo no iba a reconocer su propia máquina de escribir?

—Sé que es mi máquina de escribir —dijo su madre—. Estoy hablando de la hoja de papel que hay en ella. Estoy hablando de lo que está escrito en ese papel.

Flora se inclinó hacia delante. Entornó los ojos y trató de darle sentido a la palabra que estaba escrita en la parte superior de la página.

¡Ardiya!

—¡Ardiya! —dijo Flora en voz alta, y sintió una oleada de placer ante la divertida idiotez de la palabra. Era una palabra casi tan buena como la palabra Tootie.

—Sigue leyendo —dijo su madre.

—¡Ardiya! —dijo Flora de nuevo—. Yo soy. Ulises. Nacido de nuevo.

—¿Crees que es divertido? —preguntó su madre.

—La verdad es que no —dijo Flora. El corazón le latía muy rápido. Se sintió mareada.

—Te he dicho mil veces que no toques la máquina de escribir —exclamó su madre.

—Yo no… —dijo Flora.

—Esto es un asunto serio —continuó su madre—. Soy una escritora profesional y tengo un plazo de entrega ajustado para esta novela. No tengo tiempo para travesuras. Además, te comiste una bolsa entera de cheetos.

—Yo no fui —dijo Flora.

Su madre señaló una bolsa vacía de Quesomanía que estaba sobre la cubierta de la cocina. Y luego señaló la máquina de escribir.

A la madre de Flora le gustaba señalar las cosas.

—Dejaste polvillo de queso en toda la máquina de escribir. Eso es una falta de respeto. Y además, no puedes comerte una bolsa entera de cheetos. No es saludable. Te pondrás gorda.

—Yo no fui... —dijo Flora.

Pero entonces otra sensación de mareo se apoderó de ella.

¡La ardilla podía escribir!

¡Santos incidentes imprevistos!

—Lo siento —dijo Flora a media voz.

—Bueno —dijo su madre y levantó el dedo. Era evidente que estaba preparándose para señalar algo otra vez.

Afortunadamente, sonó el timbre.

CAPÍTULO QUINCE
La silla eléctrica

*D*ecir que el timbre de los Buckman "sonó" sería incorrecto. Algo le había sucedido a la campanilla; su mecanismo se había estropeado, deformado, confundido, de modo que en lugar de emitir un agradable din-don, ahora el timbre retransmitía por toda la casa una especie de molesto chirrido de ventana rota y de respondiste-la-respuesta-errónea-en-un-concurso-televisivo.

Para Flora, el timbre sonó como una silla eléctrica.

No es que ella hubiera oído alguna vez una silla eléctrica, pero sí había leído sobre ellas en *¡COSAS TERRIBLES QUE PUEDEN SUCEDERTE A TI!* Recordaba un episodio concreto del cómic que no contenía ningún otro consejo, salvo que sería mejor evitar llegar a un momento de la vida en el cual tuvieras que enfrentarte a la silla eléctrica y cualquier ruido que fuera capaz de hacer. A Flora le había parecido que se trataba de un episodio un tanto intimidatorio y para nada útil de *¡COSAS TERRIBLES!*

—Es tu padre —dijo la madre de Flora—. Toca el timbre para hacerme sentir culpable.

El timbre volvió a chirriar.

—¿Lo ves? —dijo su madre.

Flora no lo veía.

¿Cómo podría una persona que toca el timbre, hacer que otra se sienta culpable?

Era ridículo.

Para ese entonces, casi todo lo que la madre de Flora decía o escribía sonaba ligeramente ridículo para ella. Por ejemplo: *Volando en las alas emplumadas de la alegría.* ¿Desde cuándo la alegría tenía alas emplumadas?

—No te quedes ahí parada, Flora Belle. Ve a abrir la puerta y hazlo pasar. Es tu padre y está aquí para verte a ti. No a mí.

El sonido a silla eléctrica del timbre recorrió de nuevo toda la casa.

—¡Por el amor de Dios! —exclamó su madre—. ¿Qué está haciendo? ¿Se quedó pegado al timbre? Ve y déjalo entrar, ¿quieres?

Flora atravesó lentamente el comedor y la sala, y sacudió la cabeza atónita.

Arriba, en su habitación, había una ardilla que podía levantar una aspiradora por encima de su cabeza con una pata.

Arriba, en su habitación, había una ardilla que podía *escribir*.

"Santa bagumba", pensó Flora. "Las cosas van a cambiar aquí. Vamos a vencer a los villanos por doquier". Y dejó escapar una gran sonrisa.

El timbre de la puerta dejó escapar otro encolerizado chirrido.

Flora seguía sonriendo cuando descorrió el pestillo y abrió la puerta de par en par.

CAPÍTULO DIECISÉIS
Víctimas de alucinaciones prolongadas

*N*o era su padre quien llamaba a la puerta.

Era Tootie.

—¡Tootie Tickham! —exclamó Flora.

Tootie atravesó la puerta, entró en la sala y luego se detuvo. Sus ojos se abrieron.

—¡Santo cielo!—exclamó.

Flora ni siquiera se molestó en darse la vuelta. Ella sabía lo que estaba mirando.

—Esa es la pastorcita —le explicó Flora a Tootie—. La protectora de las ovejas perdidas y de la luz. O algo así. Es de mi madre.

—¡Ah! —dijo Tootie y negó con la cabeza—. Bueno, no hablemos de la lámpara —dio un paso hacia Flora—. ¿Dónde está la ardilla? —susurró.

—Arriba —susurró Flora en respuesta.

—He venido para comprobar si lo que creo que pasó ayer sucedió realmente, o si soy víctima de una alucinación prolongada.

Flora miró a Tootie a los ojos y dijo:

—Ulises sabe escribir a máquina.

—¿Quién sabe escribir a máquina? —preguntó Tootie.

—La ardilla. Es un superhéroe.

—Por el amor de Dios, ¿qué clase de superhéroe escribe a máquina? —exclamó Tootie.

Era una buena observación, aunque también un poco inquietante. ¿Cómo exactamente una ardilla escritora iba a luchar contra los villanos y cambiar el mundo?

—¿George? —gritó la madre de Flora.

—¡No es papá! —gritó en respuesta Flora—. Es la señora Tickham.

Hubo un silencio en la cocina, y luego la madre de Flora entró en la sala con una enorme y falsa sonrisa adulta adornando su rostro.

—Señora Tickham —dijo—. ¡Qué agradable sorpresa! ¿Qué podemos hacer por usted?

Tootie le devolvió una enorme y falsa sonrisa adulta.

—Oh —dijo ella—. Venía a visitar a Flora.

—¿A quién?

—A Flora —dijo Tootie—. Su hija.

—¿En serio? —preguntó la madre de Flora—. ¿Ha venido a ver a Flora?

—Regreso en un momento —dijo Flora.

Salió corriendo de la sala y atravesó el comedor.

—Qué lámpara tan extraordinaria —oyó decir a Tootie.

—Oh, ¿le gusta? —preguntó la madre de Flora.

"¡Ja!", pensó Flora.

Y entonces salió del comedor y entró en la cocina. Arrancó el papel de la máquina de escribir y leyó lo que estaba escrito; de ningún modo se trataba de una alucinación.

—Santa bagumba —exclamó Flora.

Un fuerte grito resonó en la casa.

Flora agarró el papel, lo metió en la parte delantera de su pijama y corrió de vuelta a la sala.

Ulises se había posado en la parte superior de Mary Ann.

O más bien, estaba tratando de posarse en la parte superior de Mary Ann. Sus patas arañaban para agarrarse a la pantalla estampada con flores de color rosa de la lámpara de pastorcita. Hizo una pausa en su intento y miró a Flora de manera arrepentida y esperanzada, y luego volvió a tambalearse hacia adelante y hacia atrás.

—Oh, por Dios —exclamó Tootie.

—¿Cómo ha entrado en la casa? —gritó la madre de Flora—. Ha llegado volando por las escaleras.

—Sí —dijo Tootie, que le lanzó una elocuente mirada a Flora—. Volando.

—Nos ha dado un susto de muerte a mí y a la señora Tickham. Hasta gritamos.

—Así es —dijo Tootie—. Gritamos. Nos ha dado una conmoción enorme.

—Si esa ardilla me rompe la lámpara, no sé lo que haré. Mary Ann es muy valiosa para mí.

—¿Mary Ann? —preguntó Tootie.

—Voy a quitar a la ardilla de la lámpara, ¿de acuerdo? —dijo Flora y le tendió una mano.

—¡No la toques! —gritó su madre—. Te puede transmitir una enfermedad.

Como si estuviera haciendo eco de los consejos de la madre de Flora, el timbre exhaló su terrible chirrido de alarma.

Todas, Flora y su madre y Tootie, se volvieron.

Una pequeña voz llamó desde afuera:

—¿Tía abuela Tootie?

CAPÍTULO DIECISIETE
Me huele a ardilla

*H*abía un chico en la puerta.

Era de estatura baja, y tan rubio que su pelo parecía casi blanco. Sus ojos estaban ocultos tras unas enormes gafas de sol.

Además de *¡COSAS TERRIBLES QUE PUEDEN SUCEDERTE A TI!*, *Las aventuras iluminadas del increíble ¡Incandesto!* incluía regularmente una segunda serie de historietas de regalo titulada *El elemento criminal está entre nosotros*. *El elemento criminal* daba indicaciones muy concretas sobre cómo no dejarse engañar por un criminal jamás de los jamases, y una de las máximas más repetidas en *El elemento criminal* era que la mejor manera de conocer a una persona era mirarla directamente a los ojos.

Flora trató de mirar al niño a los ojos, pero lo único que vio fue un reflejo de sí misma en sus gafas de sol.

En el reflejo, parecía encogida e insegura, como un acordeón en pijama.

—William —dijo Tootie—, te dije que no te movieras.

—Escuché gritos —explicó el muchacho, cuya voz era aguda y penetrante—. Me preocupé y vine tan rápido como pude. Desafortunadamente, de camino hacia aquí, tuve un pequeño pero extremadamente violento encuentro con alguna variedad de arbusto. Y ahora estoy sangrando. Creo que estoy sangrando. Estoy casi seguro de que huele a sangre. Pero nadie debería preocuparse. Por favor, no reaccionen de forma exagerada.

—Este —dijo Tootie— es mi sobrino.

—Sobrino nieto —agregó el muchacho—. Y espero no necesitar puntos de sutura. ¿Crees que deberían aplicarme puntos de sutura?

—Su nombre es William —dijo Tootie.

—William Spiver, para ser exactos —precisó el sobrino de Tootie—. Prefiero ser llamado William Spiver, ya que me distingue de todos los Williams que hay en el mundo —sonrió—. Es un placer conocerlas, quienesquiera que sean. Me gustaría darles la mano, pero como dije, creo que estoy sangrando. Además, soy ciego.

—No eres ciego —dijo Tootie.

—Sufro una ceguera temporal inducida por trauma —replicó William Spiver.

Ceguera temporal inducida por trauma.

Las palabras provocaron un escalofrío que recorrió la columna vertebral de Flora.

Al parecer, las cosas que podían afectar a los seres humanos no tenían fin. ¿Por qué *¡COSAS TERRIBLES QUE PUEDEN SUCEDERTE A TI!* no habría dedicado un número a la ceguera temporal inducida por trauma? O, aún mejor, ¿uno sobre las alucinaciones prolongadas?

—Estoy temporalmente ciego —dijo de nuevo William Spiver.

—Qué desgracia —exclamó la madre de Flora.

—Él no es ciego —dijo Tootie—. Pero desde esta mañana, se quedará conmigo durante todo el verano. Imaginen mi sorpresa y emoción.

—No tengo otro lugar adónde ir, tía abuela Tootie —dijo William Spiver—. Tú lo sabes. Me encuentro a merced de los caprichos del destino.

—Oh —exclamó la madre de Flora aplaudiendo—. ¡Qué bien! Un amiguito para Flora.

—Yo no necesito un amiguito —dijo Flora.

—Por supuesto que sí —dijo su madre volviéndose hacia Tootie—. Flora está muy sola y pasa demasiado tiempo leyendo cómics. He tratado de hacerla cambiar su hábito, pero estoy muy ocupada con la escritura de mi novela y ella se queda mucho tiempo sola. Me preocupa que eso la convierta en una persona rara.

—No soy rara —refutó Flora. Lo cual parecía ser una afirmación creíble, teniendo en cuenta que alguien tan profunda y verdaderamente extraño como William Spiver, estaba de pie a su lado.

—Sería una alegría ser tu amigo —dijo William Spiver—. Un honor —hizo una reverencia.

—Qué encantador —exclamó la madre de Flora.

—Sí —dijo Flora—. Qué encantador.

—Los ciegos —explicó William Spiver—, incluso los ciegos temporales, tienen un excelente sentido del olfato.

—Oh, por el amor de Dios —exclamó Tootie—. Ya comienza otra vez.

—Tengo que confesar que me huele a algo fuera de lo común, a algo que no se percibe habitualmente en los confines de la esfera doméstica humana —dijo William Spiver y se aclaró la garganta—: me huele a ardilla.

¡Ardilla!

Ante el espectáculo de William Spiver, se habían olvidado de Ulises.

Todas, Flora y su madre y Tootie, se volvieron y miraron a Ulises. Todavía estaba encima de Mary Ann. Había logrado mantener el equilibrio en la pequeña esfera de color verde azulado que estaba en el centro de la pantalla.

—Esa ardilla —dijo la madre de Flora—. Tiene rabia, está infectada. Hay que sacarla de aquí.

CAPÍTULO DIECIOCHO
Una aventura científica

—¿Por qué no me dejas que saque yo a la ardilla? —le preguntó Tootie a la madre de Flora—. La llevaré simplemente de vuelta a la naturaleza.

—Si es que el jardín trasero puede llamarse naturaleza —dijo William Spiver.

—Cállate, William —le ordenó Tootie y alargó la mano para alcanzar a Ulises.

—¡No lo toques! —gritó la madre de Flora—. Al menos, no sin guantes. Tiene algún tipo de enfermedad.

—Si pudieras conseguirme unos guantes —dijo Tootie—, entonces retiraré a la ardilla de la pantalla, me la llevaré de inmediato de aquí y la pondré en libertad. Los niños pueden acompañarme. Será una aventura científica.

—A mí no me suena muy científico —dijo William Spiver.

—Vaya —dijo la madre de Flora—. No lo sé. Hoy es sábado y el padre de Flora Belle tiene que venir a recogerla. Llegará en cualquier momento. Y ella todavía está en pijama.

—¿Flora Belle? —exclamó William Spiver—. Qué nombre tan adorable y melodioso.

—Tardaremos sólo un momento —dijo Tootie con una voz suave y tranquilizadora—. Los niños podrían conocerse mejor.

—Te daré unos guantes —dijo la madre de Flora.

De modo que aquí estaban ellos, yendo a casa de Tootie y conociéndose mejor. O algo así.

Tootie llevaba un par de guantes para fregar los platos que le llegaban hasta los codos. Los guantes eran de color rosa brillante y resplandecían de forma entre alegre y radiactiva. En las manos enguantadas de Tootie estaba Ulises. Detrás de Tootie iba Flora. Y junto a Flora, William Spiver. Con la mano izquierda apoyada en su hombro.

—Disculpa, Flora Belle —le había dicho él—. ¿Te ocasionaría una terrible molestia si apoyo mi mano sobre tu hombro y dejo que me guíes de vuelta a casa de la tía abuela Tootie? El mundo es un lugar traicionero para alguien que no puede ver.

Flora no se molestó en puntualizarle que el mundo era un lugar traicionero para alguien que *podía* ver.

Y hablando de traición, las cosas no estaban desarrollándose para nada como Flora había planeado. Ella había imaginado a Ulises luchando contra el crimen y los criminales, la maldad, la oscuridad, la traición; se lo había imaginado volando (¡Santa bagumba!) por el mundo con ella (¡Flora Buckman!) a su lado. En cambio, aquí estaba ella, guiando a través de su propio jardín a un chico temporalmente ciego. La situación era, cuanto menos, decepcionante.

—¿Has soltado ya a la ardilla, tía abuela Tootie?

—No —dijo Tootie—. Aún no lo he hecho.

—¿Por qué tengo la sensación de que aquí están pasando más cosas de las que se ven a simple vista? —preguntó William Spiver.

—Quédate callado hasta que regresemos a casa, William —dijo Tootie—. ¿Puedes hacerlo? ¿Puedes guardar silencio un minuto?

—Por supuesto que sí —dijo William Spiver y suspiró—.
Soy todo un experto guardando silencio.

Flora dudaba, muchísimo, que eso fuera cierto.

William Spiver apretó su hombro.

—¿Puedo preguntarte qué edad tienes, Flora Belle?

—No me aprietes el hombro —le ordenó Flora—. Tengo
diez años.

—Yo tengo once —dijo William Spiver—. Lo cual debo
decir que me sorprende. Me siento mucho, mucho mayor de
once años. Además, sé de buena fuente que soy más bajito
que el promedio de niños de once años de edad. Puede que
incluso me esté encogiendo. Una cantidad excesiva de trau-
mas puede retardar el crecimiento. Sin embargo, no tengo la
certeza de que pueda provocar encogimiento real.

—¿Cuál fue el acontecimiento traumático que te causó la
ceguera? —preguntó Flora.

—Preferiría no hablar de eso ahora. No quiero asustarte.

—Es imposible asustarme —dijo Flora—. Soy una cínica.
Nada en la naturaleza humana sorprende a un cínico.

—Eso es lo que tú crees —respondió William Spiver.

La palabra *críptico* apareció en la cabeza de Flora. Iba prece-
dida por la palabra *innecesariamente*.

—Innecesariamente críptico —dijo Flora en voz alta.

—¿Disculpa? —preguntó William Spiver.

Pero entonces llegaron a casa de Tootie. Recorrieron el jardín y entraron en su cocina, que olía a tocino y limones.

Tootie puso a Ulises en la mesa.

—No lo entiendo —dijo William Spiver—. Hemos regresado a tu casa, pero todavía me huele a ardilla.

Flora sacó el papel de su pijama y se lo dio a Tootie. Se sentía como una espía, una espía competente, una espía victoriosa. Aunque fuera una espía en pijama.

—¿Qué es esto? —preguntó Tootie.

—Es la prueba de que no eres víctima de una alucinación prolongada —dijo Flora.

Tootie sostuvo el papel con las dos manos. Lo miró fijamente.

—"¡Ardiya!" —exclamó.

—¿Ardiya? —preguntó William Spiver.

—Sigue leyendo —le ordenó Flora.

—"¡Ardiya!" —leyó Tootie—. "Yo soy. Ulises. Nacido de nuevo".

—¿Lo ves? —dijo Flora.

—¿Qué prueba eso? —preguntó William Spiver—. ¿Tiene siquiera algún significado?

—El nombre de la ardilla es Ulises —dijo Tootie.

—Espera un momento —dijo William Spiver—. ¿Estás postulando que la ardilla mecanografió esas palabras?

¿Postulando? ¿*Postulando*?

—Sí —respondió Flora—. Eso es exactamente lo que estoy postulando.

—La alucinación se extiende —dijo Tootie.

—¿Qué alucinación? —preguntó William Spiver.

—La alucinación personificada en una ardilla superhéroe —dijo Tootie.

—Seguramente estás bromeando —dijo William Spiver.

Ulises se sentó sobre sus patas traseras. Miró a William Spiver y luego a Tootie, y, por último, volvió los ojos a Flora.

Arqueó sus cejas y le lanzó una mirada llena de preguntas, llena de esperanza.

Flora sintió una punzada de duda. Él era, después de todo, una simple ardilla. No tenía ninguna prueba de que fuera un superhéroe. ¿Qué pasaría si hubiera alguna otra explicación para esto? Además, había que tener en cuenta la inquietante observación de Tootie: ¿qué clase de superhéroe escribe a máquina?

Y entonces pensó en Alfred, en cómo todo el mundo dudaba de él, en cómo nadie (excepto el periquito Dolores) sabía que era Incandesto, y en cómo nadie (excepto Dolores) creía verdaderamente en él.

¿Era labor de Flora creer en Ulises?

¿Y en qué la convertía eso? ¿En un periquito?

—Déjame ver si lo entiendo —dijo William Spiver—. Tú, una cínica autodeclarada, estás postulando que la ardilla es un superhéroe.

Las palabras "No albergues esperanzas; mejor, observa" revoloteaban en el cerebro de Flora.

Ella respiró hondo y borró la frase de su cabeza.

—La ardilla mecanografió esas palabras —dijo ella.

—Bueno —dijo William Spiver, cuya mano estaba todavía en el hombro de Flora (¿por qué no se la quitaba de encima?)—, abordemos esto de manera científica. Pondremos a la ardilla delante de la computadora de la tía abuela Tootie y le pediremos que escriba. Una vez más.

CAPÍTULO DIECINUEVE
Una "Y" involuntaria

*S*e sentó frente a la máquina. Era diferente de la máquina de escribir de la madre de Flora. Tenía una pantalla en blanco en lugar de papel, y todo el artilugio brillaba y emitía un cálido pero no del todo agradable olor.

El teclado, sin embargo, le era familiar. Cada una de las letras estaba allí, cada una de ellas en el mismo sitio.

Flora y Tootie estaban detrás de él, y William Spiver, el chico de las gafas de sol, también estaba allí.

Era un momento importante. Ulises lo entendió muy bien.

Todo dependía de que escribiera algo. Tenía que hacerlo por Flora.

Sus bigotes temblaban. Podía sentir cómo temblaban. Podía *verlos* temblar.

¿Qué podía hacer?

Se volvió y olisqueó su cola.

No podía hacer nada más que ser él mismo, tratar que las letras del teclado contaran la verdad de su corazón, ponerse manos a la obra para que revelaran la esencia de la ardilla que era él.

Pero ¿cuál era la verdad?

¿Y qué clase de ardilla era él?

Miró alrededor de la habitación. Había una ventana alta, y afuera de la ventana estaban el verde, verde mundo y el cielo azul. En el interior, había estantes y estantes de libros. Y de la pared, encima del teclado, colgaba una imagen de un hombre y una mujer flotando sobre una ciudad. Estaban suspendidos en una luz dorada. El hombre sostenía a la mujer, y ella tenía un brazo extendido hacia el frente, como si estuviera señalando el camino a casa. A Ulises le gustaba la cara de la mujer. Le recordaba a Flora.

Mirar la pintura hizo que la ardilla sintiera una calidez interior, una certeza de algo. Quienquiera que hubiera pintado el cuadro amaba al hombre y a la mujer flotantes. Amaba la ciudad sobre la que ellos flotaban. Amaba la luz dorada.

Al igual que Ulises amaba el verde mundo exterior. Y el cielo azul. Y la cabeza redonda de Flora.

Sus bigotes dejaron de temblar.

—¿Qué está pasando? —preguntó William Spiver.

—Nada —dijo Flora.

—Está en una especie de trance —explicó Tootie.

—¡Shhh! —dijo Flora.

Ulises se acercó más al teclado.

LA ARDILLA ESCRIBIÓ.

LA GENTE ESPERÓ.

EL DESTINO SE ALENTABA A SÍ MISMO...

CAPÍTULO VEINTE
Lo que decía

Yo amo tu cabeza redonda,
el verde brillante,
el azul del cielo,
estas letras,
este mundo, tú.
Tengo mucha, mucha hambre.

CAPÍTULO VEINTIUNO
Poesía

*E*staban en el despacho de Tootie. Tootie estaba recostada en el sofá con un paquete de guisantes congelados en la cabeza. Se había desmayado.

Por desgracia, en la caída se había golpeado la cabeza contra el borde de la mesa.

Afortunadamente, Flora había recordado un número de *¡COSAS TERRIBLES QUE PUEDEN SUCEDERTE A TI!* en el cual advertían que una bolsa de guisantes congelados podía servir como una excelente compresa fría para "proporcionar alivio y reducir la hinchazón".

—Léelo una vez más —le ordenó William Spiver a Flora.

Flora leyó en voz alta otra vez lo que había escrito Ulises.

—La ardilla ha escrito un poema —exclamó Tootie con la voz llena de asombro.

—Mantén los guisantes en tu cabeza —dijo Flora.

—No entiendo la última parte —dijo William Spiver—, la parte sobre el hambre. ¿Qué significa eso?

Flora se apartó de la computadora y miró las gafas oscuras de William Spiver, y vio de nuevo, reflejada allí, su imagen de cabeza redondeada embutida en una pijama.

—Significa que tiene hambre —respondió ella—. No ha desayunado.

—Oh —exclamó William Spiver—. Ya entiendo. Es literal.

Ulises estaba sentado sobre sus patas traseras al lado de la computadora. Asintió, lleno de esperanza.

—Es poesía —dijo Tootie desde el sofá.

Ulises sacó un poco el pecho.

—Bueno, tal vez sea poesía —dijo William Spiver—, pero no es gran poesía. Ni siquiera es buena poesía.

—Pero ¿cuál es el significado de todo esto? —preguntó Tootie.

—¿Por qué tiene que existir un significado? —replicó William Spiver—. El universo es un lugar azaroso.

—Oh, por el amor de Dios, William —exclamó Tootie.

Flora sintió brotar algo dentro de ella. ¿Qué era? ¿Estaba orgullosa de la ardilla? ¿Molesta con William Spiver? ¿Maravillada? ¿Esperanzada?

De repente, se acordó de las palabras que aparecieron sobre la cabeza de Alfred T. Slipper cuando se sumergió en el tanque de ¡Incandesto!

—¿Dudas de él? —preguntó Flora.

—Por supuesto que dudo de él —dijo William Spiver.

—No lo hagas —dijo Flora.

—¿Por qué? —replicó William Spiver.

Ella lo miró fijamente.

—Quítate las gafas —le ordenó—. Quiero ver tus ojos.

—No —dijo William Spiver.

—Quítatelas.

—No lo haré.

—Niños —exclamó Tootie—. Por favor.

¿Quién era realmente William Spiver?

Sí, sí, era el sobrino nieto de Tootie Tickham que repentinamente (sospechosamente) había llegado para quedarse todo el verano. Pero ¿quién era él realmente? ¿Y si se trataba de una especie de personaje de cómic? ¿Y si era un villano cuyas facultades se extinguían tan pronto como la luz del mundo alcanzaba sus ojos?

Incandesto siempre estaba siendo atacado por su archienemigo, la Oscuridad de las Diez Mil Manos.

Cada superhéroe tenía un archienemigo.

¿Qué pasaría si el archienemigo de Ulises fuera William Spiver?

—¡La verdad debe ser descubierta! —exclamó Flora. Dio un paso adelante y extendió la mano para quitarle las gafas a William Spiver.

Y entonces oyó su nombre.

—¡Floooooorrrrrrraaaaaaa Beeeeeelllllllleeeeeee, tu padre está aquí!

—Flora Belle —dijo William Spiver con una voz suave.

73

Ulises seguía sentado sobre sus patas traseras. Sus orejas estaban gachas. Paseó su mirada hacia atrás y hacia adelante entre Flora y William Spiver.

—Tenemos que irnos —dijo Flora.

—Espera —imploró William Spiver.

Flora agarró a Ulises por el cogote y lo metió bajo su pijama.

—¿Te veré de nuevo? —preguntó William Spiver.

—El universo es un lugar azaroso, William Spiver —respondió Flora—. ¿Quién podría saber si nos volveremos a encontrar?

CAPÍTULO VEINTIDÓS
Un Oído Gigante

*S*u padre estaba de pie en el escalón más alto frente a la puerta abierta. Llevaba un traje oscuro y una corbata y un sombrero de ala ancha, a pesar de que era sábado y verano. El padre de Flora trabajaba como contador en la empresa Flinton, Flosston y Frick.

Flora no estaba segura, pero le parecía factible que su padre fuera el hombre más solitario del mundo. Él ni siquiera tenía ya a Incandesto y a Dolores para hacerle compañía.

—Hola, papá.

—Flora —dijo su padre. Sonrió y luego suspiró.

—Todavía no estoy lista.

—Oh, está bien —dijo su padre y suspiró de nuevo—. Te espero.

Entró con Flora a la sala. Se sentó en el sofá. Se quitó el sombrero y lo balanceó sobre su rodilla.

—¿Estás dentro de la casa ahora, George? —gritó la madre de Flora desde la cocina—. ¿Está Flora contigo?

—¡Estoy adentro! —gritó el padre de Flora—. ¡Flora está conmigo!

El clac-clac-clac de la máquina de escribir resonó por toda la casa. Los cubiertos repiquetearon. Y entonces se hizo el silencio.

—¿Qué estás haciendo, George? —gritó la madre de Flora.

—Estoy sentado en el sofá, Phyllis. ¡Estoy esperando a mi hija! —el padre de Flora movió el sombrero de su rodilla izquierda a su rodilla derecha y luego otra vez a su rodilla izquierda.

Ulises se movió bajo la pijama de Flora.

—¿Qué van a hacer ustedes dos hoy? —gritó la madre de Flora.

—¡No lo sé, Phyllis!

—Te oigo perfectamente bien, George —dijo la madre de Flora cuando entró en la sala—. No es necesario que grites. Flora, ¿qué tienes debajo de la pijama?

—Nada —dijo Flora.

—¿Es esa ardilla?

—No —respondió Flora.

—¿Qué ardilla? —preguntó el padre de Flora.

—No me mientas —dijo su madre.

—Está bien —dijo Flora—. Es la ardilla. Me la voy a quedar.

—Lo sabía. Sabía que estabas ocultando algo. Escúchame: esa ardilla está enferma. Estás adoptando una conducta preocupante.

Flora se dio la vuelta.

Tenía un superhéroe bajo su pijama. Ella no tenía que escuchar a su madre, ni a cualquier otra persona. Un nuevo día estaba naciendo, un día del tipo chica-con-superhéroe.

—Voy a cambiarme ya —dijo.

—Esto no va a funcionar, Flora Belle —le dijo su madre—. Esa ardilla no se puede quedar.

—¿Qué ardilla? —preguntó de nuevo el padre de Flora.

Flora subió la mitad de las escaleras y luego se detuvo. Se quedó de pie en el rellano. *El elemento criminal* sugería que cualquiera que estuviera realmente inmerso en la lucha contra el crimen, en vencer a los criminales, debía aprender a escuchar con atención: "En todo momento, todas las palabras, verdaderas o falsas, susurradas o gritadas, son pistas sobre el funcionamiento del corazón humano. Escucha. Tú debes, si es que quieres entender siquiera algo, convertirte en un Oído Gigante".

Esto era lo que *El elemento criminal* sugería.

Y esto era lo que Flora tenía la intención de hacer.

Sacó a Ulises de debajo de su pijama.

—Siéntate en mi hombro —le susurró.

Ulises se subió a su hombro.

—Escucha —dijo ella.

Él asintió con la cabeza.

Flora se sentía valiente y capaz, de pie allí en el rellano con su ardilla en el hombro.

—No albergues esperanzas —susurró—. Mejor, observa.

Respiró hondo y soltó el aire poco a poco. Se mantuvo absolutamente inmóvil. Se convirtió en un Oído Gigante.

Y lo que Flora el Oído Gigante escuchó fue sorprendente.

CAPÍTULO VEINTITRÉS
El villano entra en escena

—*G*eorge —dijo la madre de Flora—, tenemos un problema. Tu hija se ha apegado emocionalmente a una ardilla enferma.

—¿Cómo? —preguntó el padre de Flora.

—Hay una ardilla —dijo su madre, hablando más lentamente ahora, como si estuviera señalando cada palabra mientras la pronunciaba.

—Hay una ardilla —repitió su padre.

—La ardilla no está bien.

—Hay una ardilla que no está bien.

—Hay un saco en el garaje. Y una pala.

—De acuerdo —dijo el padre de Flora—. Hay un saco y una pala. En el garaje.

En este punto, se produjo un largo silencio.

—Necesito que remates a la ardilla para que no sufra —dijo la madre de Flora.

—¿Cómo dices? —preguntó el padre de Flora.

—¡Por el amor de Dios, George! —gritó su madre—. Mete a la ardilla en el saco y luego golpéala con la pala en la cabeza.

El padre de Flora se quedó atónito.

Flora también se quedó atónita. Se sorprendió a sí misma. Las señoras de las novelas románticas de su madre se ponían las manos sobre el pecho y se quedaban atónitas. Pero Flora no era una cursi. Ella era una cínica.

—No lo entiendo —dijo el padre de Flora.

La madre de Flora se aclaró la garganta y pronunció las sangrientas palabras otra vez. Las dijo más fuerte. Las pronunció más lentamente:

—Mete a la ardilla en el saco, George. Golpéala con la pala en la cabeza —hizo una pausa—. Y después usa la pala para enterrarla.

—¿Que meta a la ardilla en un saco? ¿Que golpee con una pala en la cabeza a la ardilla? —exclamó el padre de Flora con una voz chirriante y desesperada—. Ay, Phyllis. Ay, Phyllis, no.

—Sí —dijo la madre de Flora—. Es lo más humano que se puede hacer.

Flora comprendió que había cometido un error pensando que William Spiver era alguien importante.

Todo estaba cobrando una forma clara y aterradora; la historia comenzaba a tener sentido: Ulises era un superhéroe (probablemente) y Phyllis Buckman era su archienemiga (definitivamente).

¡Santos incidentes imprevistos!

CAPÍTULO VEINTICUATRO
Acechado, perseguido, amenazado, envenenado, etc.

*T*endría que haberle conmocionado, pero no fue así. Una triste realidad de su existencia como ardilla era que siempre había alguien, en algún lugar, que lo quería muerto. En su corta vida, Ulises había sido acosado por gatos, atacado por mapaches, y tiroteado con escopetas de balines, resorteras, y un arco y una flecha (de acuerdo, la flecha era de goma, pero aun así, le había dolido). Le habían gritado, lo habían amenazado y envenenado. Había sido arrojado como si fuera una pelota a un chorro de agua que salía a máxima presión por una manguera de jardín. Una vez, en el parque, una niña pequeña había tratado de matarlo a golpes con su enorme oso de peluche. Y el otoño pasado, una camioneta le había pasado por encima de la cola.

A decir verdad, la posibilidad de ser golpeado en la cabeza con una pala no parecía tan alarmante.

La vida era peligrosa, sobre todo si eras una ardilla.

En cualquier caso, no estaba pensando en morir. Estaba pensando en poesía. Eso es lo que Tootie dijo que él había escrito. Poesía. Le gustaba esa palabra: su pequeñez, su densidad, la forma en que se elevaba al final como si tuviera alas.

Poesía.

—No te preocupes —dijo Flora—. Eres un superhéroe. ¡Este delito no te detendrá!

Ulises clavó sus garras en la pijama de Flora para mantener el equilibrio sobre su hombro.

—Delito —repitió Flora.

"Poesía", pensó Ulises.

CAPÍTULO VEINTICINCO
Grasa de foca

*L*os asientos del coche del padre de Flora olían a caramelo y cátsup, y Flora estaba en el asiento trasero, donde el olor a caramelo y cátsup era más penetrante. Tenía en su regazo una caja de Bootsie Botas con Ulises en su interior, y ya se sentía mareada a pesar de que el coche aún no se había puesto en marcha. También se sentía ligeramente abrumada. Todo, en general, era bastante confuso.

Por ejemplo, aquí estaba Ulises, sentado en una caja de zapatos, consciente de que había una pala en el maletero del coche y que el hombre que conducía este vehículo había recibido las instrucciones de golpearlo con la pala en la cabeza, y aun así no parecía preocupado o asustado. Parecía feliz.

Y luego estaba la madre de Flora, la persona que le había dado la caja de zapatos ("Para proteger a tu pequeño amigo en su viaje. Pondremos este paño aquí como si fuera una manta").

Les decía adiós con la mano desde la puerta, sonriendo, como si no fuera realmente su archienemiga y tramara un asesinato. Hablando de la Oscuridad de las Diez Mil Manos...

Nada era lo que parecía.

Flora miró a la ardilla. Por supuesto, que Ulises tampoco era lo que parecía. Y eso era algo bueno. Algo tipo Incandesto.

Flora sintió un escalofrío de creencia, de posibilidad, que le recorrió por completo. Sus padres no tenían ni idea de con qué tipo de ardilla estaban tratando.

Su padre puso el coche en reversa.

Mientras salía a la calzada, Flora vio a William Spiver de pie en el jardín delantero de Tootie. Estaba mirando al cielo; volvió la cabeza lentamente en dirección al coche. Sus gafas brillaban bajo el sol.

Tootie apareció agitando uno de los guantes de color rosa como si fuera una bandera de rendición.

—¡Para el coche! —gritó ella.

—Pisa el acelerador —le dijo Flora a su padre. No quería hablar con Tootie. Y definitivamente no quería hablar con William Spiver. No quería verse reflejada en sus gafas de sol. Ella tenía sus propias ideas acerca de la azarosa y confusa naturaleza del universo. No necesitaba también la suya.

Además, tenía prisa. Había que detener un asesinato, guiar a un superhéroe, vencer a los villanos y erradicar la oscuridad. No podía perder el tiempo intercambiando ideas estúpidas con William Spiver.

—Flora Belle —gritó William Spiver, casi como si le estuviera leyendo la mente—. He tenido algunas ideas interesantes —corrió hacia el coche y cayó en los arbustos—. Tía abuela Tootie —gritó—, necesito tu ayuda.

—¿Qué diablos está pasando? —preguntó su padre. Frenó el coche en seco.

—Es sólo un niño temporalmente ciego —dijo Flora—. Y la señora Tickham vive al lado. Es su tía. Su tía abuela. No te preocupes. No tiene la menor importancia. Sigue adelante.

Pero ya era demasiado tarde. Tootie había ayudado a William Spiver a salir de entre los arbustos y los dos fueron caminando hacia el coche.

William Spiver sonreía.

—Hola —gritó su padre—. George Buckman. Encantado. El padre de Flora se presentaba continuamente a todo el mundo, incluso si se trataba de alguien a quien ya conocía. Era un hábito molesto y extremadamente persistente.

—Hola, señor —saludó William Spiver—. Yo soy William Spiver. Me gustaría hablar con su hija, Flora Belle.

—No tengo tiempo de hablar contigo ahora mismo, William Spiver —dijo Flora.

—Tía abuela Tootie, ¿puedes ayudarme? ¿Me acompañarías al lado del vehículo donde se encuentra Flora?

—Por favor, discúlpeme mientras llevo a este niño perturbado y neurótico hasta el otro lado del auto —dijo Tootie.

—Claro, claro —dijo el padre de Flora y luego repitió a absolutamente nadie—: George Buckman. Encantado.

Flora suspiró. Bajó la mirada a Ulises. Teniendo en cuenta los seres humanos por los que estaba rodeado, creer en una ardilla parecía un plan de acción cada vez más razonable.

—Quería disculparme —dijo William Spiver, que ahora estaba de pie junto a la ventana.

—¿Por qué? —preguntó Flora.

—No era el peor poema que había oído nunca.

—Ah —dijo Flora.

—Además, también siento no haberme quitado las gafas cuando me lo pediste.

—Entonces, quítatelas ahora —ordenó Flora.

—No puedo —dijo William Spiver—. Han sido pegadas a mi cabeza por fuerzas malignas que se encuentran más allá de mi control.

—Mientes —dijo Flora.

—Sí. No. No miento. Miento. Estoy utilizando una hipérbole. *Es* como si las gafas hubieran sido pegadas a mi cabeza —bajó la voz—. En realidad, temo que, si me quito las gafas, el mundo entero se desplomará.

—Eso es estúpido —exclamó Flora—. Hay cosas más importantes de las que preocuparse.

—¿Por ejemplo?

Flora se dio cuenta de que iba a contarle algo a William Spiver que no había tenido la intención de decir; las palabras salieron de su boca antes de que pudiera detenerlas.

—¿Sabes lo que es un archienemigo? —susurró.

—Por supuesto que lo sé —susurró en respuesta William Spiver.

—Bien —dijo Flora—. Pues Ulises tiene uno. Es mi madre.

Las cejas de William Spiver se alzaron por encima de sus gafas de sol. Flora notó con satisfacción que él parecía realmente sorprendido y conmocionado.

—Hablando de Ulises —dijo Tootie—. Tengo algunos poemas que me gustaría recitarle.

—¿Estás segura de que ahora es el momento para un recital de poesía? —dijo William Spiver.

Ulises se enderezó en la caja de zapatos Bootsie Boots. Miró a Tootie y asintió con la cabeza.

—Me conmovió tu poema —le dijo Tootie a la ardilla.

Ulises hinchó el pecho.

—Y tengo algunos poemas que me gustaría recitarte en honor a las recientes, ejem, transformaciones producidas en tu vida —Tootie se puso una mano en el pecho—. Se trata de Rilke —continuó—:

Enviado más allá de tu recuerdo,

llega hasta los límites de tu anhelo.

Encárname.

Estalla como un incendio

y agranda las sombras para que pueda meterme dentro.

Ulises se quedó mirando a Tootie con los ojos brillantes.

—¡Estalla como un incendio! —exclamó el padre de Flora desde el asiento delantero—. Eso es conmovedor, sí. Precioso, estallar como una llamarada. Muchas gracias. Tenemos que irnos.

—¿Pero regresarás? —preguntó William Spiver.

Flora alzó la cabeza y vio las palabras de William Spiver colgando en el aire por encima de él como una pequeña bandera hecha jirones.

¿PERO REGRESARÁS?

—Sólo voy a pasar la tarde con mi padre, William Spiver —respondió ella—. No es que me vaya a vivir al Polo Sur.

¡COSAS TERRIBLES QUE PUEDEN SUCEDERTE A TI! había dedicado un extenso artículo sobre qué hacer si te quedabas atrapado en el Polo Sur. Su consejo podría resumirse en cuatro sencillas palabras: "Coma grasa de foca".

Era verdaderamente asombroso por lo que la gente tenía que pasar en la vida. Flora sintió cómo se le levantaba el ánimo sólo de pensar en comer grasa de foca y hacer cosas imposibles, sobreviviendo con todo en contra de ella y de la ardilla.

¡Ellos encontrarían la manera de burlar al archienemigo! ¡Derrotarían a la pala y el saco! ¡Y triunfarían juntos, como Dolores e Incandesto!

—Me alegro —dijo William Spiver—. Me alegro de que no vayas al Polo Sur, Flora Belle.

El padre de Flora se aclaró la garganta.

—George Buckman —repitió él—. Encantado.

—Ha sido un placer conocerle, señor —dijo William Spiver.

—Recuerda estas palabras —dijo Tootie.

—Estalla como un incendio —dijo el padre de Flora.

—Estaba hablando con la ardilla —dijo Tootie.

—Por supuesto —dijo el padre de Flora—. Mis disculpas. La ardilla.

—Te veré pronto —dijo William Spiver.

—Cuidado con el archienemigo —dijo Flora.

— Te veré pronto —repitió William Spiver.

—Nos vamos a luchar contra el mal —dijo Flora mientras su padre sacaba el coche a la calzada.

William Spiver saludó con la mano hacia el coche.

—¡Te veré pronto!

Parecía tan absorbido por la idea de volver a verla, que Flora no tuvo el valor de decirle que estaba saludando en la dirección equivocada.

CAPÍTULO VEINTISÉIS
Los espías no lloran

*E*l padre de Flora era un conductor precavido. Colocaba la mano izquierda en el volante en la posición de las diez en punto y la mano derecha en la de las dos en punto. Nunca quitaba la vista del camino y no iba rápido.

—La velocidad —decía a menudo—. Eso es lo que puede matarte, eso y quitar la vista del camino. Nunca jamás apartes la vista del camino.

—Papá —dijo Flora—, necesito hablar contigo.

—Está bien —dijo su padre, manteniendo la vista en la carretera—. ¿Acerca de qué?

—Acerca de ese saco. Y de esa pala.

—¿Qué saco? —preguntó su padre—. ¿Qué pala?

Flora pensó que su padre sería un excelente espía. En realidad, nunca respondía a ninguna pregunta. En cambio, cuando le preguntaban a él, respondía simplemente con una argucia ingeniosa o una pregunta de las suyas.

Por ejemplo, cuando sus padres se estaban divorciando, Flora tuvo una conversación con su padre que fue más o menos así:

FLORA: ¿Se van a divorciar mamá y tú?

PADRE DE FLORA: ¿Quién ha dicho que nos vamos a divorciar?

FLORA: Mamá.

PADRE DE FLORA: ¿Ella ha dicho eso?

FLORA: Sí.

PADRE DE FLORA: Me pregunto por qué lo habrá dicho.

Y entonces comenzó a llorar.

Probablemente los espías no lloran. Pero aun así...

—Papá, hay una bolsa y una pala en el maletero del coche —dijo Flora.

—¿De verdad? —preguntó su padre.

—Te vi ponerlos ahí.

—Es cierto. Puse un saco y una pala en el maletero del coche.

El elemento criminal decía que era buena idea entablar un interrogatorio implacable e indefinido. "Si preguntas con la suficiente dureza, las personas a veces se sorprenden contestando preguntas que no tenían la intención de responder. En caso de duda, pregunta. Pregunta más. Pregunta más rápido".

—¿Por qué? —preguntó Flora.

—Tengo la intención de hacer un hoyo —dijo su padre.

—¿Para qué? —continuó Flora.

—Voy a enterrar una cosa.

—¿Qué vas a enterrar?

—¡Un saco!

—¿Por qué vas a enterrar un saco?

—Porque tu madre me lo ha pedido.

—¿Por qué te ha pedido que entierres un saco?

Su padre dio unos golpecitos con los dedos sobre el volante. Miró al frente.

—¿Por qué me ha pedido que entierre un saco? ¿Por qué me ha pedido que entierre un saco? Esa es una buena pregunta. Eh, ¡ya lo sé! ¿Quieres ir a comer algo?

—¿Qué? —preguntó Flora.

—¿Qué tal algo de comer? —repitió su padre.

—¡Por el amor de Dios! —exclamó Flora.

—¿O algo para desayunar? ¿Qué tal si paramos a comer una comida, cualquier comida?

Flora suspiró.

El elemento criminal aconsejaba "entretener, retrasar y confundir de cualquier forma posible" a un criminal a la hora de hacerle frente.

Su padre no era un criminal. No exactamente. Pero había sido reclutado al servicio de la maldad (básicamente, estaba confabulado con un archienemigo). Así que tal vez sería bueno entretener, retrasar el inevitable enfrentamiento, yendo a un restaurante.

Además, la ardilla tenía hambre y tenía que estar fuerte para la batalla que se avecinaba.

—Está bien —dijo Flora—. Está bien. Claro. Vamos a comer.

CAPÍTULO VEINTISIETE
El mundo en todo su oloroso esplendor

"*E*stá bien. Claro. Vamos a comer".

"Qué palabras tan maravillosas", pensó Ulises.

Vamos a comer.

Eso sí que es poesía.

La ardilla estaba feliz.

Estaba feliz porque estaba con Flora.

Estaba feliz porque los versos del poema de Tootie fluían por su cabeza y su corazón.

Estaba feliz porque pronto iba a ser alimentado.

Y estaba feliz porque estaba, vamos, feliz.

Salió de la caja de zapatos, puso sus patas delanteras sobre la puerta y sacó la nariz por la ventana.

Era una ardilla viajando en coche en un día de verano con alguien a quien amaba. Sus bigotes y su nariz estaban al viento.

¡Y había tantos olores!

Contenedores de basura rebosantes, césped recién cortado, parches de pavimento calentados por el sol, la terrosa riqueza de la suciedad, lombrices de tierra (que también olían a tierra; a menudo, difícilmente distinguible del olor de la suciedad), perros, más perros, perros otra vez (¡oh, perros!, perros pequeños, perros grandes, perros tontos; la tortura de los perros era el infalible placer en la vida de una ardilla), el fuerte olor a fertilizante, un ligero tufillo a alpiste, algo que estaba en el horno, el aroma oculto de la nuez (pecana, bellota), el pequeño, pesaroso, no-me-hagas-caso olor a ratón, y el hedor despiadado a gato (los gatos eran terribles, nunca te podías fiar de los gatos, nunca).

El mundo en todo su oloroso esplendor, en toda su vileza y alegría y *avellanez*, se apoderó de Ulises, lo recorrió, lo inundó. Podía olerlo todo. Incluso podía oler el azul del cielo. Quería captarlo. Quería ponerlo por escrito. Quería contárselo a Flora. Se volvió y la miró.

—Mantén tus ojos atentos al delito —le dijo ella.

Ulises asintió.

Los versos del poema de Tootie resonaban en su cabeza: "¡Estalla como un incendio!".

"Sí", pensó. "Eso es lo que haré. Estallaré como un incendio y lo pondré por escrito".

CAPÍTULO VEINTIOCHO
La Rosquilla Gigante

—*V*as a tener que dejar a la ardilla en el coche —dijo el padre de Flora mientras entraba en el estacionamiento de La Rosquilla Gigante.

—No —respondió Flora—, hace demasiado calor.

—Dejaré las ventanas abiertas —dijo su padre.

—Alguien podría robarlo.

—¿Crees que alguien podría robarlo? —su padre sonaba dudoso, pero esperanzado—. ¿Quién robaría una ardilla?

—Un criminal —dijo Flora.

El elemento criminal hablaba a menudo, y con entusiasmo, sobre las nefastas acciones de las que todo ser humano es capaz. No sólo insistía en que la oscuridad del corazón humano estaba más allá de cualquier posible conjetura; también comparaba el corazón a un río. Incluso decía: "Si no tenemos cuidado, ese río nos puede llevar a lo largo de sus corrientes ocultas de deseo, ira y necesidad, y transformarnos a cada uno de nosotros en el criminal al que tememos".

—El corazón humano es un río profundo y oscuro de corrientes ocultas —le explicó Flora a su padre—. Los criminales están en todas partes.

Su padre dio unos golpecitos con los dedos sobre el volante.

—Me gustaría estar en desacuerdo contigo, pero no puedo.

Ulises estornudó.

—¡Salud! —dijo su padre.

—No lo voy a dejar aquí —dijo Flora.

Alfred T. Slipper llevaba con él a todas partes a su periquito Dolores, a veces incluso a las oficinas de la compañía de seguros de vida Paxatawket. "No me iré sin mi periquito". Eso fue lo que dijo Alfred.

—No me iré sin mi ardilla —dijo Flora.

Si su padre reconoció la frase, si las palabras le recordaron cuando leían juntos las historias de Incandesto, al menos no lo demostró. Se limitó a suspirar.

—Tráelo, entonces. Pero mantén la tapa sobre la caja de zapatos.

Ulises se subió a la caja de zapatos y Flora bajó obedientemente la tapa sobre su pequeña cara.

—Está bien —dijo—. Tranquilo.

Ella salió del coche, se puso de pie y miró el cartel de La Rosquilla Gigante.

¡TENEMOS ROSQUILLAS GIGANTES!, anunciaba el cartel en letras de neón, al tiempo que una enorme rosquilla desaparecía una y otra vez dentro de una taza de café.

Pero la rosquilla no era sostenida por mano alguna. "¿Quién", se preguntó Flora, "está mojando la rosquilla?". Un escalofrío le recorrió la columna vertebral.

"¿Y si todos fuéramos rosquillas a la espera de ser sumergidas?", pensó.

Era la clase de pregunta que William Spiver haría.

Podía escuchar cómo la enunciaba. Era también el tipo de pregunta para el que William Spiver tendría una respuesta. Esa era la cuestión con William Spiver. Él siempre tenía una respuesta, aunque fuera una respuesta irritante.

—Escúchame —le susurró a la caja de zapatos—. Tú no eres una rosquilla a la espera de ser sumergida. Tú eres un superhéroe. No permitas que te timen o te engañen. Recuerda la pala. Vigila a George Buckman.

Su padre se bajó del coche. Se metió las manos en los bolsillos e hizo tintinear sus monedas.

—¿Vamos? —sugirió.

"¡Entretener! ¡Retrasar! ¡Confundir!".

—Vamos —dijo Flora.

CAPÍTULO VEINTINUEVE
Cuchi, cuchi

*L*a Rosquilla Gigante olía a huevos fritos, rosquillas y armarios de otras personas. El comedor estaba lleno de risas y rosquillas mojadas.

Una camarera sentó a Flora y a su padre en un gabinete de la esquina, y les entregó unas enormes y lustrosas cartas con el menú. A escondidas, Flora (*El elemento criminal* recomendaba acciones a escondidas en todos los momentos posibles) retiró la tapa de la caja de zapatos. Ulises asomó la cabeza y echó un vistazo al restaurante. Luego, dirigió su atención a la carta. La observó con una mirada de ensueño reflejada en su cara.

—Pide lo que quieras —dijo el padre de Flora—. Pide lo que desees de corazón.

Ulises emitió un suspiro de felicidad.

—Presta atención —susurró Flora.

Una camarera vino a atenderles. Dio unos golpecitos con el lápiz en su libreta.

—¿Qué desean? —preguntó.

La tarjeta con su nombre estaba escrita en mayúsculas: ¡RITA!

Flora entornó los ojos. Los signos de exclamación hacían que Rita pareciera poco fiable o, por lo menos, poco sincera.

—¿Y bien? —preguntó Rita—. ¿Qué han decidido? —tenía el cabello recogido muy, muy arriba, sobre su cabeza. Parecía María Antonieta.

No es que Flora hubiera visto jamás a María Antonieta, pero había leído sobre ella en un número de *¡COSAS TERRIBLES QUE PUEDEN SUCEDERTE A TI!* dedicado a la Revolución Francesa. Por lo poco que Flora sabía de María Antonieta, habría sido una muy mala camarera.

De repente Flora recordó que tenía una ardilla en su regazo. Le dio nuevamente unos golpecitos a Ulises en la cabeza.

—Escóndete —le susurró—, pero estate preparado.

Acomodó el paño para que Ulises estuviera casi completamente oculto.

—¿Qué tienes ahí? —preguntó Rita.

—¿Dónde? —respondió Flora.

—En la caja —dijo Rita—. ¿Tienes una muñequita en la caja? ¿Estás hablando con tu muñequita?

—¿Hablando con mi muñequita? —dijo Flora. Sintió subir por sus mejillas una oleada de indignación. ¡Por el amor de Dios! Tenía diez años de edad, casi once. Sabía cómo realizar la reanimación cardiopulmonar. Sabía cómo burlar a un archienemigo. Estaba familiarizada con la profunda importancia de la grasa de foca. Era la compinche de un superhéroe.

Además, era una cínica.

¿Qué cínico que se precie de serlo llevaría una muñeca en una caja de zapatos?

—No —respondió Flora—. Tengo. Una. Muñe. Quita.

—Déjame verla —dijo Rita—. No seas tímida —se inclinó y su enorme pelo a lo María Antonieta rozó la barbilla de Flora.

—No —dijo Flora.

—George Buckman —dijo el padre de Flora con voz preocupada—. Encantado.

—Cuchi, cuchi —dijo Rita.

Flora tuvo una agudísima y muy específica sensación de desastre.

Rita metió su lápiz en la caja de zapatos despacio, despacio. Apartó el paño. Despacio. Y el paño (oh, tan despacio) se replegó y reveló el rostro bigotudo de Ulises.

—George Buckman —dijo su padre con una voz mucho más fuerte—. Encantado.

Rita emitió un grito largo e increíblemente fuerte.

Ulises gritó en respuesta.

Y entonces saltó de la caja de zapatos.

Al llegar a este punto, las cosas dejaron de suceder a un ritmo tan pausado.

La ardilla estaba en el aire y, como revancha, el tiempo entró de nuevo en acción.

"¡Por fin!", pensó Flora. "¡Es el momento de Incandesto!".

CAPÍTULO TREINTA
¡Huevos fritos!

$\mathcal{E}$n su vida había estado tan asustado. Nunca. El rostro de la mujer era monstruoso. Su pelo era monstruoso. Y la tarjeta con su nombre (¡RITA!), también parecía monstruoso para él. "Cálmate", se dijo, mientras el lápiz se asomaba. Se quedó tan tieso como pudo.

Pero entonces Rita gritó.

Y era absolutamente imposible no responder a su largo y ensordecedor chillido, con otro ensordecedor chillido por su parte.

Ella gritó, él gritó.

Y entonces cada uno de sus instintos animales reaccionó. Él actuó sin pensar. Trató de escapar. Saltó desde la caja y terminó, no sabía cómo, exactamente donde no quería estar: en el centro del monstruoso pelo.

Rita saltaba arriba y abajo. Se llevó las manos a la cabeza. Daba manotazos y arañaba, tratando de quitárselo de encima. Cuanto más lo golpeaba, más saltaba ella y más ferozmente se aferraba la ardilla.

Así, Rita y Ulises bailaban juntos alrededor de La Rosquilla Gigante.

—¿Qué está pasando? —gritó alguien.

—Su cabello está ardiendo —respondió alguien.

—No, no, hay algo en su pelo —gritó otra persona—. ¡Y está vivo!

—¡Aaaaahhhhhh! —gritó Rita—. ¡Socooooorrrrooooooo!

"¿Cómo", se preguntó Ulises, "han llegado las cosas a este punto?".

Hace sólo unos instantes, él estaba mirando la carta de La Rosquilla Gigante, fascinado por las imágenes brillantes de la comida y las deslumbrantes descripciones que las acompañaban.

¡Había rosquillas gigantes con chispas de colores, rosquillas gigantes azucaradas, glaseadas! ¡Rosquillas gigantes rellenas de cosas: mermelada, crema, chocolate.

Nunca había comido una rosquilla gigante.

En realidad, nunca había comido una rosquilla.

Tenían un aspecto delicioso. Todas ellas. ¿Cómo hacía una ardilla para elegir?

Y para complicar las cosas, había huevos: huevos revueltos, poché, a la plancha, fritos.

"¡Huevos fritos!", pensó Ulises mientras se aferraba al cabello de Rita. "¡Qué frase tan maravillosa!".

Un hombre salió de la cocina. Llevaba un gigantesco sombrero blanco y sostenía algo metálico que brillaba bajo las luces del techo de La Rosquilla Gigante. Era un cuchillo.

—¡Ayúdame! —gritó Rita.

"Y a mí", pensó Ulises. "Ayúdame, también".

Pero estaba casi seguro de que el hombre con el cuchillo no tenía intención de ayudarlo a él.

Y entonces oyó la voz de Flora. No podía verla porque ahora Rita no paraba de dar vueltas y todo lo que había en el restaurante se había convertido en algo borroso (todas las caras se habían convertido en una; todos los gritos en un solo grito).

Pero la voz de Flora sobresalió. Era la voz de la persona que amaba. Se concentró en sus palabras. Se esforzó en entenderla.

—¡Ulises! —gritó ella—. ¡Ulises! ¡Recuerda quién eres!

¿Que recordara quién era?

¿Quién era él?

Como si Flora hubiera oído su pregunta no formulada, ella le respondió:

—¡Eres Ulises!

"Así es", pensó él. "Yo soy Ulises".

—¡Entra en acción! —gritó Flora.

Ese era un buen consejo. Flora tenía toda la razón. Él era Ulises y debía actuar.

El hombre con el cuchillo se acercó a Rita. Ulises aflojó el agarre en su cabello. Saltó de nuevo. Esta vez saltó con propósito e intención. Saltó con toda sus fuerzas.

Voló.

CAPÍTULO TREINTA Y UNO
Santos incidentes imprevistos

*F*lora observó a Ulises volar por encima de ella, su cola estaba extendida y sus patas delanteras delicadamente estiradas. Era igual que en su sueño. Parecía increíble, innegablemente heroico.

—¡Santa bagumba! —exclamó Flora.

Se subió a la parte superior del gabinete para disponer de una mejor vista.

Cuando Incandesto volaba, cuando se convertía en una brillante antorcha de luz en la oscuridad del mundo, era por lo general para dirigirse a algún lugar, para salvar a alguien, y Dolores siempre volaba a su lado, dándole consejos, aliento y sabiduría.

Flora no sabía exactamente qué estaba haciendo Ulises y no parecía que él tampoco lo supiera. Pero estaba volando.

—George Buckman —susurró su padre—. Encantado.

Flora se había olvidado de su padre. Él había alzado la mirada a Ulises. Y estaba sonriendo. No era una sonrisa triste. Era una sonrisa alegre.

—¿Papá? —dijo Flora.

Rita profirió un largo y fuerte grito.

—¡Estaba en mi pelo! —gritó.

Alguien le lanzó una rosquilla a Ulises.

Un bebé empezó a llorar.

Flora salió del gabinete para ponerse al lado de su padre y colocó su mano sobre la de él.

—Santos incidentes imprevistos —dijo el padre de Flora imitando la voz de Dolores.

Hacía mucho tiempo que Flora no escuchaba a su padre decir esas palabras.

—Se llama Ulises —le dijo ella.

Su padre la miró. Arqueó las cejas.

—Ulises —dijo él.

Él negó con la cabeza. Y luego se echó a reír. Fue una única sílaba.

—Ja.

Y luego se echó a reír más.

—Ja, ja, ja.

El corazón de Flora se abrió en su interior.

—No albergues esperanzas —susurró para sí misma.

Y entonces se dio cuenta de que el cocinero saltaba y giraba, blandiendo su cuchillo e intentando alcanzar a la ardilla voladora.

Flora miró a su padre y dijo:

—Este crimen debe ser impedido, ¿verdad?

—Verdad —respondió su padre.

Y en el momento en el que su padre estuvo de acuerdo con ella, Flora estiró la pierna y le puso el pie al hombre con el cuchillo.

CAPÍTULO TREINTA Y DOS
Chispas de colores

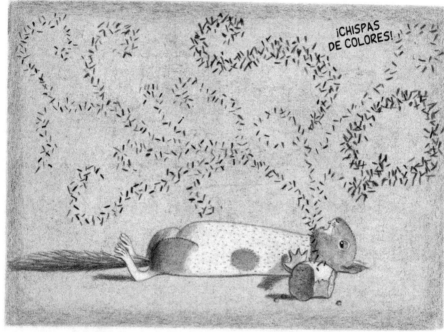

CAPÍTULO TREINTA Y TRES
¿La rabia pica?

*T*enía los ojos cerrados. Su cabeza estaba sangrando. Gracias a *¡COSAS TERRIBLES QUE PUEDEN SUCEDERTE A TI!*, Flora sabía que las heridas en la cabeza sangran mucho, ya sean graves o no.

—Todas las heridas en la cabeza sangran mucho —le dijo a su padre—. Tranquilo.

—Está bien —dijo su padre—. Utiliza esto —y le dio su corbata.

Flora se arrodilló. Tenía una muy fuerte sensación de *déjà vu*. ¿De verdad fue ayer cuando se inclinó sobre el cuerpo de una ardilla desconocida en el jardín trasero de Tootie?

—¿Ulises? —preguntó ella y le limpió la sangre con la corbata.

La ardilla no abrió los ojos.

Un silencio inquietante se hizo en la sala. Toda La Rosquilla Gigante se quedó en una calma sobrenatural. Todos (las rosquillas, la ardilla, su padre) parecían contener el aliento.

Flora sabía lo que estaba pasando. Había leído acerca de ello en *¡COSAS TERRIBLES QUE PUEDEN SUCEDERTE A TI!* Era la calma antes de la tormenta: el aire se queda quieto. Los pájaros dejan de cantar. El mundo espera.

Y después viene la tormenta.

Dentro de La Rosquilla Gigante, hubo un momento de profundo silencio, de contención del aliento por parte de todos. Y entonces alguien dijo:

—Creo que era una rata.

—Pero estaba volando —dijo otra voz.

—Estaba en mi pelo —dijo Rita.

—¡Voy a llamar a la policía! ¡Eso es lo que voy a hacer! —gritó el cocinero.

Rita estaba justo detrás de él.

—Olvídate de los policías, Ernie. Llama a la ambulancia. Tengo rabia. Se posó en mi pelo.

—Tú —dijo Ernie, señalando a Flora con su cuchillo—. Tú me pusiste el pie.

—Es ella —exclamó Rita—. Ella es la responsable. Además, antes que nada, ella es la que ha traído esa cosa aquí. Vestida como una muñeca.

—Yo no —replicó Flora— la vestí como una muñeca. Y todo esto es culpa suya.

El elemento criminal decía que a veces es sensato poner a la defensiva a los delincuentes haciendo "comentarios difamatorios o descaradamente falsos. La sorprendente injusticia de esta táctica detendrá a menudo los planes de los criminales".

Parecía funcionar.

Rita parpadeó. Abrió la boca y volvió a cerrarla.

—¿Culpa mía? —preguntó.

Flora se inclinó sobre Ulises y le puso un dedo en el pecho. Sentía su corazón latir de una manera lenta, reflexiva. La inundó un sentimiento de alivio y gratitud. Y su propio corazón, que había estado latiendo demasiado rápido, desaceleró el ritmo dentro de su pecho. Respondía al corazón de la ardilla con su mesurada cadencia: tac, tac, tac.

"Ulises", parecía decir su corazón. "Ulises".

—Voy a llamar a la policía —dijo Ernie.

—George Buckman. Encantado —gritó el padre de Flora—. ¿Hay alguna razón para llamar a la policía?

—Bueno, para empezar —dijo Rita—, saltó sobre mi pelo.

—¿Cree usted que se debería informar a la policía de que una ardilla saltó sobre su pelo? —exclamó el padre de Flora. La idiotez de la pregunta, su lógica inquietante, hicieron que Flora estuviera repentinamente agradecida con su padre. Recogió a Ulises y lo acunó en su brazo izquierdo.

—Creo que la rabia empieza a hacerme efecto —dijo Rita—. Me pica el estómago.

—¿La rabia pica? —preguntó el padre de Flora.

—Voy a llamar a alguien —dijo Ernie—. Ella me puso el pie.

—¿A quién cree usted que sería prudente llamar sobre este asunto de la zancadilla? —preguntó el padre de Flora, que abrió la puerta. Le hizo un gesto a Flora para que saliera y ella obedeció.

La puerta se cerró detrás de ellos.

—¡Corre! —ordenó su padre.

Y los dos echaron a correr.

En algún momento, el padre de Flora se echó a reír de nuevo. No fue una risa del tipo "ja, ja, ja". Sino una especie de "juaaaaaaaa, jieeeeeeee".

"Histeria", pensó Flora.

Ella sabía qué hacer en caso de histeria. Su padre necesitaba ser abofeteado. Por desgracia, ahora mismo no había tiempo. Tenían que finalizar su huida.

Su padre se rio durante todo el camino hasta el coche. Se rio cuando llegaron al coche. Se rio mientras colocaba la mano izquierda en el volante en la posición de las diez en punto y la mano derecha en la de las dos en punto. Se rio cuando sacó el auto del estacionamiento y se alejó de La Rosquilla Gigante.

Sólo dejó de reírse una vez que tuvo el tiempo suficiente para gritar "¡Santa bagumba!" con la voz del periquito Dolores.

Y entonces volvió a reír.

CAPÍTULO TREINTA Y CUATRO
La huida

*E*staban huyendo, pero su huida se desarrollaba con lentitud. Porque, a pesar de que el padre de Flora pensaba que las cosas eran divertidísimas, a pesar de que estaba hablando como un periquito, aparentemente seguía sin creer en el exceso de velocidad.

Flora tenía la mirada puesta atrás para comprobar si la policía los seguía. O Rita o Ernie.

Cuando por fin miró a Ulises, sus ojos seguían cerrados y la asaltó un pensamiento terrible.

—¿Y si tiene una conmoción cerebral?

Su padre, por supuesto, se echó a reír.

Flora intentó recordar lo que *¡COSAS TERRIBLES QUE PUEDEN SUCEDERTE A TI!* decía acerca de las conmociones cerebrales. Mencionaba que la persona que tuviera la lesión cerebral debía cantar su canción de cuna favorita, de forma que los patrones del habla (dificultad de articulación, etcétera) pudieran ser evaluados.

Flora se quedó mirando a la ardilla.

No sabía hablar. Además, dudaba que conociera alguna canción de cuna.

Tenía un pequeño corte en la cabeza, pero la hemorragia había cesado y respiraba suavemente, con regularidad.

—¿Ulises? —le dijo ella.

Y entonces recordó en su totalidad una inquietante frase de *¡COSAS TERRIBLES!*: "Es completamente imperativo que mantenga despierto en todo momento al paciente con una posible conmoción".

Zarandeó a la ardilla con suavidad. Sus ojos permanecieron cerrados. Lo sacudió con más fuerza hasta que abrió los ojos y los cerró de nuevo.

El corazón de Flora latió una vez y luego se le cayó hasta los pies. De repente se aterrorizó.

—¿Los superhéroes mueren? —preguntó en voz alta.

Su padre dejó de reír.

—Escucha —le respondió—. No lo dejaremos morir.

El corazón de Flora latió de nuevo, con otra clase de latido. Esta vez no era un latido de miedo, sino de esperanza.

—¿Eso quiere decir que no vas a tratar de golpearlo con la pala en la cabeza? —preguntó Flora.

—No —dijo su padre.

—¿Nunca?

—Nunca.

—¿Me lo prometes?

—Te lo prometo.

Su padre la miró por el espejo retrovisor. Flora le devolvió la mirada.

—Vamos a tu casa, entonces —dijo ella—. Allí estará a salvo.

Al oír estas palabras, George Buckman se echó a reír histéricamente. Otra vez.

CAPÍTULO TREINTA Y CINCO
El miedo huele

*E*l padre de Flora no caminó por los pasillos del Blixen Arms, sino que corrió.

Y Flora Buckman, que llevaba a su ardilla posiblemente conmocionada, corrió con él.

Flora y George Buckman corrieron porque el propietario y director del Blixen Arms era un hombre llamado señor Klaus, que era también dueño de un enorme y malhumorado gato de color naranja que se llamaba igualmente Señor Klaus. El gato Señor Klaus, rondaba los pasillos del Blixen Arms orinando en las puertas de los vecinos y vomitando en los huecos de las escaleras.

El Señor Klaus era también conocido por esconderse en la verde penumbra de los pasillos y esperar hasta que algún desafortunado saliera de la puerta de su departamento (o se internara en la entrada principal del Blixen Arms o abajo en la lavandería del sótano) y, entonces, se abalanzaba a los tobillos de dicha persona, mordiendo y arañando y gruñendo, y a veces (en rarísimas ocasiones) ronroneando.

Los tobillos del padre de Flora estaban visiblemente marcados.

—¡El gato puede oler tu miedo! —gritó Flora mientras corría—. Es un hecho científico.

Había leído sobre el miedo en *¡COSAS TERRIBLES QUE PUE-DEN SUCEDERTE A TI! ¡COSAS TERRIBLES!* decía: "El miedo huele y el olor del miedo incita aún más al depredador".

Delante de ella, su padre seguía con su desmesurada y aparentemente interminable risa.

Si Flora hubiera tenido más tiempo, habría dicho: "Por el amor de Dios, ¿qué te causa tanta gracia?".

Pero ella no disponía de tiempo.

Tenía que salvar a una ardilla.

CAPÍTULO TREINTA Y SEIS
Sorpresa. Enfado. Alegría.

*F*lora se quedó de pie mirando el letrero del departamento 267. Estaba hecho con un material que imitaba la madera y grabado con letras blancas que anunciaban: RESIDENCIA DE ¡LOS DOCTORES MEESCHAM!

¿Qué sentido tenían los signos de exclamación? ¿Es que la gente no sabe para qué se utilizan?

Sorpresa, enfado, alegría: para eso se utilizan los signos de exclamación. No tienen nada que ver con el lugar de residencia.

Pero en este momento concreto, los signos de exclamación parecían totalmente oportunos. *Era* tremendamente emocionante que un médico (que no sabía cómo utilizar los signos de exclamación) viviera en el departamento 267.

—¿Qué estás mirando? —le preguntó su padre, que estaba metiendo la llave en la puerta del departamento 271 y riéndose en voz baja.

—Aquí vive un doctor —explicó Flora.

—Así es —dijo su padre.

—Voy a ver si puede ayudar a Ulises —dijo Flora.

—Excelente idea —exclamó su padre, que abrió la puerta de su departamento, miró a la izquierda y luego a la derecha—. ¡Estate atenta con el Señor Klaus! ¡Yo iré dentro de un momento!

Cerró la puerta justo en el momento en el que Flora levantó la mano para llamar a la del departamento 267.

Pero ella no tuvo la oportunidad de hacerlo. La puerta se abrió por sí sola. Una señora mayor estaba de pie allí sonriendo, su dentadura despedía un fulgor blanco en el perpetuo crepúsculo verdoso del pasillo. Alguien dentro del departamento gritaba. No, alguien cantaba. Era ópera. Música de ópera.

—Por fin —dijo la anciana—. Me alegra ver tu cara.

Flora se volvió y miró detrás de ella.

—Te estoy hablando a ti, pequeña flor.

—¿A mí? —preguntó Flora.

—Sí, a ti. Pequeña flor. Flora Belle. Tan querida por tu padre, el señor George Buckman. Adelante, pequeña flor. Pasa.

—En realidad —explicó Flora—, estoy buscando a un médico. Tengo una emergencia médica.

—Por supuesto, por supuesto —dijo la anciana—. ¡Todos tenemos emergencias médicas! Debes entrar ahora. He estado esperándote mucho tiempo.

Extendió la mano e hizo pasar a Flora por el umbral del departamento 267.

El elemento criminal hablaba con detenimiento acerca de introducirse en casa de un extraño. Sugería que cada uno lo hiciera bajo su propio riesgo, y que si se tomaba la (discutible) decisión de entrar en casa de un desconocido, debía dejarse una puerta abierta en todo momento para facilitar una huida rápida.

La anciana cerró la puerta.

Ahora la música de ópera se escuchaba muy fuerte.

Flora miró la mano que estaba apoyada en su brazo. Tenía manchas y arrugas.

"¿Querida?", pensó Flora. "¿Yo?".

CAPÍTULO TREINTA Y SIETE
Cantando con los ángeles

Se despertó con un ojo acuoso y gigante que lo miraba. Parpadeó. Le dolía la cabeza. El ojo gigante era fascinante y hermoso. Era como mirar a un pequeño planeta, un mundo entero triste y solitario.

Le resultaba difícil dejar de verlo.

Miró fijamente al ojo y el ojo le devolvió la mirada.

¿Estaba muerto? ¿Había sido golpeado con la pala en la cabeza?

Escuchaba a alguien cantar. Sabía que debía sentir miedo, pero no era así. Habían pasado tantas cosas en las últimas veinticuatro horas, que en algún momento había dejado de preocuparse. Todo se había vuelto interesante, en lugar de preocupante.

Si estaba muerto, bueno, eso también era interesante.

—Mi vista ya no es lo que era —dijo una voz—. Cuando yo era niña y vivía en Blundermeecen, podía leer un cartel incluso antes de que cualquiera lo hubiera visto. No es que ver las cosas con claridad me haya ayudado. A veces, es mejor no ver. En Blundermeecen, las señales a menudo no decían la verdad. Y yo me pregunto: ¿qué bien hace un letrero que dice una mentira? Pero eso es un asunto distinto. Te contaré esa historia más tarde. Esta lupa me resulta de gran ayuda. Sí. Sí. Lo veo, y está muy vivo.

—Sé que está vivo —dijo otra voz—. Puedo asegurárselo.

¡Flora! Flora estaba aquí con él. Qué reconfortante.

—Veamos, sí. Ya entiendo. Es una ardilla.

—¡Por el amor de Dios! —exclamó Flora—. Sé que es una ardilla.

—Ha perdido mucho pelo —dijo la voz.

—¿Qué clase de médico es usted? —preguntó Flora.

Las voces de la habitación seguían cantando. Estaban llenas de tristeza y amor y desesperación. La voz perteneciente al ojo gigante canturreaba con ellas.

Ulises trató de ponerse en pie.

Una suave mano lo empujó hacia atrás.

—Yo soy la doctora Meescham, doctora en filosofía —dijo la voz—. Mi marido, el otro doctor Meescham, era doctor en medicina. Pero él ya nos dejó. Esto es un eufemismo, por supuesto. Quiero decir que está muerto. Él se ha ido de este mundo y está en otro lugar, cantando con los ángeles. Ja, ahí va otro eufemismo: cantando con los ángeles. Yo me pregunto ¿por qué es tan difícil mantenerse alejado de los eufemismos? Se van metiendo, siempre, intentando hacer las cosas difíciles más agradables. Así que déjame intentarlo otra vez. Él está muerto, el otro doctor Meescham, el médico. Y espero que esté cantando en algún lugar. Tal vez algo de Mozart. Pero ¿quién sabe dónde se encontrará y qué estará haciendo?

—¡Por el amor de Dios! —exclamó Flora de nuevo—. Necesito un doctor en medicina. Ulises podría tener una conmoción cerebral.

—¡Shhh, shhh! Calma, calma. ¿Por qué estás tan nerviosa? No hay necesidad de preocuparse. ¿Qué es lo que te preocupa? Dime qué pasó que te haya hecho pensar que tiene una conmoción cerebral.

—Golpeó una puerta —dijo Flora—. Con la cabeza.

—Veamos, sí. Eso podría ocasionar una conmoción cerebral. Cuando yo era niña y vivía en Blundermeecen, a menudo la gente sufría conmociones cerebrales, regalos de los trols, tú sabes.

—¿Regalos de los trols? —preguntó Flora—. ¿De qué está hablando? Mírelo. ¿Le parece que tenga una conmoción cerebral?

El ojo gigante de la doctora Meescham se acercó mucho más. Lo estudió. Las hermosas voces cantaban. La doctora Meescham tarareaba. Ulises se sentía extrañamente tranquilo. Si tenía que pasarse el resto de su vida siendo observado por un ojo gigante que tarareaba, no estaba tan mal.

—Las pupilas de sus pequeños ojos no están dilatadas —dijo la doctora Meescham.

—Pupilas dilatadas —dijo Flora—. No me acordaba de eso.

—Esto es bueno. Es una señal esperanzadora. Ya veremos después si recuerda lo que pasó. Comprobaremos si tiene amnesia.

El rostro de Flora apareció a la vista. Se alegró de verla; a ella y a su cabeza redonda.

—Ulises —preguntó—, ¿te acuerdas de lo que pasó? ¿Te acuerdas de haber estado en La Rosquilla Gigante?

¿Recordaba estar en el cabello de Rita? ¿Recordaba a Rita gritando? ¿Recordaba al hombre con el cuchillo? ¿Recordaba haber volado? ¿Recordaba haberse golpeado la cabeza muy fuerte? ¿Recordaba que no se alcanzó a comer una rosquilla gigante? Vamos a ver: Sí, sí, sí, sí, sí. Y sí.

Ulises asintió con la cabeza.

—Oh —dijo la doctora Meescham—. Asintió. Él se comunica contigo.

—Él es, ejem, diferente. Especial —explicó Flora—. Un tipo especial de ardilla.

—¡Excelente! ¡Qué bien! ¡Lo creo!

—Le sucedió algo.

—Sí, golpeó una puerta con la cabeza.

—No —dijo Flora—, antes de eso. Fue aspirado. Usted sabe, succionado por una aspiradora.

Hubo un pequeño silencio. Y entonces regresó el tarareo de la doctora Meescham. Ulises intentó ponerse de pie de nuevo y otra vez fue empujado suavemente hacia atrás.

—¿Estás hablando eufemísticamente?

—No —dijo Flora—. Estoy hablando literalmente. Él fue aspirado y eso lo cambió.

—¡Claro que sí! —exclamó la doctora Meescham—. Desde luego, ser aspirado lo cambió —levantó la lupa hasta su ojo y se acercó, estudiándolo. Bajó la lupa.

—¿Quieres decirme en qué lo cambió?

Ulises se puso en cuatro patas y nadie lo echó hacia atrás.

—Habla sin eufemismos —dijo la doctora Meescham.

—Él tiene poderes —dijo Flora—. Es fuerte. Y puede volar —hizo una pausa—. Además, escribe a máquina. Él escribe, ejem, poesía.

—¡Escribir a máquina! ¡Poesía! ¡Volar! —exclamó la doctora Meescham. Parecía encantada.

—Se llama Ulises.

—Ese —dijo la doctora Meescham— es un nombre importante.

—Bueno —agregó Flora—, era el nombre de la aspiradora que casi lo mata.

La doctora Meescham miró a Ulises a los ojos.

Era extraño que alguien mirara a los ojos a una ardilla. Ulises se irguió más recto. Miró a la doctora Meescham en respuesta. Cruzó su mirada.

—También debes incluir entre sus facultades la capacidad de entender. No es poca cosa, entender —le dijo la doctora Meescham a Flora, y luego se volvió a Ulises—. ¿Te duele el estómago?

Ulises negó con la cabeza.

—¡Muy bien! —exclamó la doctora Meescham y dio una palmada—. Me parece que Ulises no sufre una conmoción. Sólo tiene este pequeño corte en la cabeza, aparte de eso: ¡bien, perfecto, genial! ¡Estoy pensando que a lo mejor la ardilla tiene hambre!

Ulises asintió.

¡Sí, sí! Tenía mucha hambre y se comería unos huevos fritos.

Se comería una rosquilla. Con chispas de colores.

CAPÍTULO TREINTA Y OCHO
Oscuridad incesante

—*T*ú —le ordenó la doctora Meescham a Flora— siéntate en el sofá tipo imperio y escucha a Mozart, mientras yo voy a preparar unos sándwiches.

—Pero ¿y mi padre? —preguntó Flora—. ¿No debería decirle dónde estoy?

—El señor George Buckman sabe dónde estás —dijo la doctora Meescham—. Él sabe que estás a salvo. Así que, bueno, todo está bien. Siéntate en el sofá, por favor.

La doctora Meescham se fue a la cocina, y Flora se volvió y miró el sofá tipo imperio. Era un gran sofá. Se sentó obedientemente en él y luego, lenta, muy lentamente, se resbaló hacia fuera.

—¡Vaya! —exclamó.

Volvió a subir al sofá y se concentró en quedarse donde estaba. Se sentó con las manos a cada lado y las piernas extendidas frente a ella. Se sentía como una muñeca enorme. También se sentía muy, muy cansada. Y un poco confundida.

"Tal vez esté conmocionada", pensó.

¡COSAS TERRIBLES QUE PUEDEN SUCEDERTE A TI! había dedicado un ejemplar a enumerar los síntomas de la conmoción, pero Flora no era capaz de recordarlos.

¿Sería uno de los síntomas de la conmoción no poder recordar los síntomas de la conmoción?

Miró a Ulises. Seguía sentado en la mesa del comedor. También parecía confundido.

Lo saludó con la mano y él asintió en respuesta.

Y entonces se dio cuenta de que había un cuadro colgado en la pared de enfrente del sofá. Era una pintura de algo que no parecía otra cosa sino oscuridad. Oscuridad incesante.

"Oscuridad incesante" era una frase que aparecía con frecuencia en *El elemento criminal*, pero ¿por qué iba alguien a pintar un cuadro de la oscuridad incesante?

Flora se deslizó fuera del sofá tipo imperio, se acercó a la pintura y miró más de cerca. En medio de toda la oscuridad, había un pequeño barco. Estaba flotando en un mar negro. Flora puso su cara justo delante de la pintura. Algo estaba envuelto alrededor del barco, una sombra con tentáculos.

¡Por todos los cielos! El pequeño barco que flotaba en el mar oscuro estaba siendo devorado por un calamar gigante.

El corazón de Flora protestó con un pequeño golpe de temor.

—Santa bagumba —susurró.

Se oía el sonido del tintineo de los cubiertos y de la vajilla. La ópera terminó.

—¿Ulises?

Miró detrás de sí y vio que la ardilla se sentó en el suelo, olfateando su cola.

—Ven aquí —le dijo.

Él se acercó, y ella lo agarró y lo puso en su hombro.

—Mira.

Él se quedó mirando la pintura.

—Este barco está siendo devorado por un calamar gigante —le explicó Flora.

Él asintió con la cabeza.

—Es una tragedia —dijo Flora—. Hay personas a bordo de ese barco. Mira, pueden distinguirse. Son del tamaño de una hormiga. Pero son personas.

Ulises entrecerró los ojos. Asintió con la cabeza otra vez.

—Van a morir todos —explicó Flora—. Hasta el último de ellos. Como superhéroe que eres, deberías estar indignado. Deberías querer salvarlos. ¡Incandesto lo haría!

—Ah —dijo la doctora Meescham, que llegó por detrás de ellos—, estás observando mi pobre y solitario calamar gigante.

—¿Solitario? —preguntó Flora.

—El calamar gigante es la más solitaria de todas las criaturas de Dios. En ocasiones puede transcurrir toda su vida sin que vea a otro de su especie.

Por alguna razón, las palabras de la doctora Meescham le trajeron a la mente la cara de William Spiver, de pelo albino y gafas oscuras. El corazón de Flora se encogió. "Vete, William Spiver", pensó.

—Ese calamar es un villano —dijo en voz alta—. Tiene que ser derrotado. Se está comiendo un barco. Y se va a comer a todos los tripulantes del barco.

—Sí, bueno, la soledad nos empuja a hacer cosas terribles —dijo la doctora Meescham—. Y es por eso que el cuadro está ahí, para recordármelo. También, porque el doctor Meescham lo pintó cuando era joven y rebosante de dicha.

"¡Santo cielo!", pensó Flora. "¿Qué pintó entonces cuando estaba viejo y triste?".

—Ahora, por favor, siéntate en el sofá —dijo la doctora Meescham—, y les traeré unos sándwiches de mermelada.

Flora se sentó en el sofá tipo imperio. Ulises todavía estaba en su hombro. Ella levantó la mano y lo tocó. Estaba calientito. Era como una pequeña estufa.

—El calamar gigante es la criatura más solitaria de toda la creación —dijo Flora en voz alta.

Y luego, para mantener la perspectiva y poner los pies en la tierra, murmuró:

—Grasa de foca.

Y entonces susurró:

—No albergues esperanzas; mejor, observa.

Flora dejó la mano sobre la ardilla.

CAPÍTULO TREINTA Y NUEVE
Las lágrimas caen

*L*a doctora Meescham salió de la cocina con un plato de color rosa lleno de sándwiches. Se sentó al lado de Flora.

—¿Estás disfrutando del sofá? —le preguntó a Flora.

—Supongo —respondió Flora. No estaba segura de cómo alguien podía disfrutar de un sofá.

—Cómete un sándwich de mermelada —le dijo la doctora Meescham y le ofreció el plato.

Ulises saltó del hombro de Flora a su regazo. Olisqueó el plato.

—Nuestro paciente tiene hambre —dijo la doctora Meescham.

—No pudo desayunar —agregó Flora. Tomó dos sándwiches y le dio uno a Ulises.

—Este sofá —explicó la doctora Meescham— era de mi abuela. Ella nació en él. En Blundermeecen. Vivió toda su vida allí. Y está enterrada allí, en un bosque oscuro. Pero eso es otra historia. Lo que quiero decir es que cuando yo era niña y vivía en Blundermeecen, me sentaba en el sofá y hablaba con mi abuela sobre cosas intrascendentes hasta bien entrada la noche. Eso es lo que una chica de Blundermeecen hacía en aquel tiempo. Debía hablar de cosas intrascendentes mientras llegaba la oscuridad de la noche. Además, las chicas debían saber tejer. La oscuridad siempre cubría a Blundermeecen. Siempre, siempre estábamos tejiendo ropa para los pequeños trols.

—¿Qué pequeños trols? —preguntó Flora—. ¿Y dónde está Blundermeecen?

—Por ahora no te preocupes por los trols. Lo mencionaba sólo para decirte que la vida entonces era muy sombría y que uno siempre estaba tejiendo.

—Suena terrible —exclamó Flora.

—Así era exactamente: terrible —dijo la doctora Meescham. Sonrió. Su dentadura era muy brillante; había una mancha de mermelada de uva en uno de sus incisivos postizos.

Flora agarró otro sándwich. ¿Había alguna vez advertido *¡COSAS TERRIBLES QUE PUEDEN SUCEDERTE A TI!* sobre los peligros de comer sándwiches de mermelada en la casa de una mujer de Blundermeecen?

—Tu padre es un hombre solitario —dijo la doctora Meescham—. Y muy triste. Tener que dejarte le rompió el corazón.

—¿De verdad? —preguntó Flora.

—Sí, sí. El señor George Buckman se ha sentado en este sofá muchas veces. Ha hablado de su tristeza. Ha llorado. Este sofá ha visto las lágrimas de muchas personas. Se trata de un sofá bueno para las lágrimas. Hace que salgan, ya lo ves.

¿Su padre se había sentado en este sofá y había llorado al caer la oscuridad de la noche?

Flora sintió de repente como si también fuera a llorar. ¿Qué le pasaba?

"Grasa de foca", pensó. Esas palabras la estabilizaron.

Le dio otro sándwich a Ulises.

—Tu padre tiene un gran corazón —dijo la doctora Meescham—. ¿Sabes lo que eso significa?

Flora negó con la cabeza.

—Significa que el corazón de George Buckman es grande. Es capaz de contener mucha alegría y mucha tristeza.

—Oh —dijo Flora.

Por alguna razón, escuchó la voz de William Spiver diciendo que el universo era un lugar azaroso.

"Un gran corazón", dijo la voz de la doctora Meescham.

"Universo azaroso", dijo William Spiver.

Gran corazón. Azaroso. Corazón. Universo.

Flora se sintió mareada.

—¡Soy una cínica! —anunció sin motivo alguno y con una voz demasiado alta.

—Bah, cínicos —dijo la doctora Meescham—. Los cínicos son personas que tienen miedo de creer —ella agitó la mano delante de su cara como si estuviera espantando una mosca.

—¿Usted cree en, ejem, cosas? —preguntó Flora.

—Sí, sí, yo creo —respondió la doctora Meescham. Desplegó nuevamente su brillantísima sonrisa—. ¿Has oído hablar de la apuesta de Pascal?

—No —respondió Flora.

—Pascal —explicó la doctora Meescham— sostenía que ya que la existencia de Dios no podía ser probada, uno podía igualmente creer en ella, porque de esa forma había mucho que ganar y nada que perder. Para mí es así. ¿Qué pierdo si elijo creer? ¡Nada! Toma esta ardilla como ejemplo. Ulises. ¿Creo que es capaz de escribir poesía? Claro, lo creo. Hay mucha más belleza en el mundo si creo que tal cosa es posible.

Flora y la doctora Meescham miraron a Ulises. Estaba sosteniendo la mitad de un sándwich con sus patas delanteras y tenía manchas de mermelada de uva en sus bigotes.

—¿Sabe lo que es un superhéroe? —preguntó Flora.

—Claro que sé lo que es un superhéroe.

—Ulises es un superhéroe —dijo Flora—. Pero no ha hecho nada heroico todavía. Principalmente ha volado, levantado una aspiradora sobre su cabeza y escrito algo de poesía. Sin embargo, no ha salvado a nadie. Y eso es lo que se supone que deben hacer los superhéroes: salvar a la gente.

—¿Quién sabe lo que hará? —exclamó la doctora Meescham—. ¿Quién sabe a quién salvará? Hay muchos milagros que aún no han sucedido.

Flora observó cómo una de las gotas de mermelada tembló en los bigotes de Ulises y cayó en cámara lenta sobre el sofá tipo imperio.

—Todo es posible —dijo la doctora Meescham—. Cuando yo era niña y vivía en Blundermeecen, los milagros sucedían cada día. O cada dos días. O cada tres días. En realidad, a veces tampoco pasaba nada, incluso al tercer día. Pero aun así, albergábamos esperanzas. ¿Entiendes lo que digo? Incluso cuando no sucedía, albergábamos esperanzas. Sabíamos que sucedería un milagro.

Alguien llamó a la puerta.

—¿Lo ves? —dijo la doctora Meescham—. Ese debe ser tu padre, el señor George Buckman.

Flora se levantó, fue hasta la puerta y abrió. Era su padre. Y estaba sonriendo. Todavía. Lo cual parecería casi milagroso.

—Hola, papá —saludó ella.

—¿Lo ves? —dijo la doctora Meescham—. Está sonriendo.

La sonrisa del padre de Flora se hizo más grande. Se quitó el sombrero y se inclinó.

—George Buckman —dijo—. Encantado.

Flora no pudo evitarlo y también sonrió.

Ella todavía estaba sonriendo cuando un ruido que sonó como el fin del mundo retumbó a través del pasillo del Blixen Arms.

Hacía un momento que su padre estaba allí de pie con su sombrero en las manos, sonriendo, y, al instante siguiente, el Señor Klaus (el gato) salió de la nada y aterrizó justo encima de la cabeza desnuda de George Buckman.

¡Vencido!

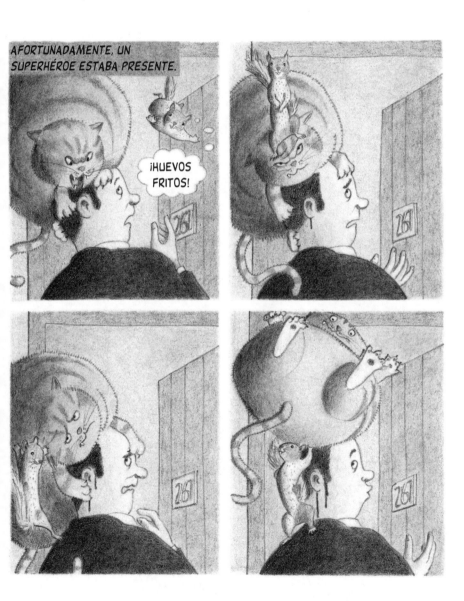

¡SANTO CIELO!

¡SANTA BAGUMBA!

¡VENCIDO!

Y EL SUPERHÉROE QUEDÓ ENORMEMENTE, DESMESURADAMENTE SATISFECHO CONSIGO MISMO.

¡SE SENTÍA INMENSAMENTE PODEROSO!

¡TENÍA GANAS DE ESCRIBIR UN POEMA!

CAPÍTULO CUARENTA Y UNO
Lo prometo

*I*ban todos en el coche. Las manos del padre de Flora estaban en el volante en la posición de las diez y las dos en punto. Ella estaba sentada en el asiento delantero y Ulises tenía la cabeza asomada por la ventana. Regresaban a casa de la madre de Flora, a pesar de las protestas de ella.

—Tenemos que regresar —dijo su padre—. Tenemos que retomar nuestra típica tarde de sábado. Tenemos que actuar con normalidad, natural y despreocupadamente.

Flora quiso protestar, pero podía leer lo que estaba escrito en la pared o, más bien, podía leer las palabras que flotaban sobre ella, su padre y la ardilla.

¡EL DESTINO NO PUEDE SER POSTERGADO!
¡LA ARCHIENEMIGA DEBE SER ENFRENTADA!

—¡Santa bagumba! —dijo su padre. Su oreja derecha estaba envuelta en una enorme cantidad de gasa. Su cabeza parecía torcida—. ¡Santos incidentes imprevistos! ¡Una ardilla ha vencido a un gato! —negó con la cabeza y sonrió.

—Y ahora es el momento de librar otra batalla —dijo Flora.

—Todo va a salir bien —dijo su padre.

—Si tú lo dices —añadió Flora.

Empezó a llover.

Ulises metió la cabeza dentro del coche. Alzó la mirada hacia Flora y, de alguna manera, contemplar su pequeño

rostro bigotudo la calmó. Le sonrió, y la ardilla suspiró feliz y se acurrucó en su regazo.

"Cuando yo era niña y vivía en Blundermeecen", le había dicho la doctora Meescham a Flora cuando se fueron del departamento 267, "siempre nos preguntábamos si volveríamos a vernos otra vez. Cada día era una incertidumbre. Por lo tanto, decirle adiós a alguien también lo era. ¿Los vería de nuevo? ¿Quién podría saberlo? Blundermeecen era un lugar de secretos oscuros, tumbas anónimas y maldiciones terribles. ¡Los trols estaban por todas partes! Así que decíamos adiós de la mejor forma posible. Decíamos: prometo que siempre volveré a tu lado".

"Ahora yo les digo estas palabras a ustedes, Flora Belle. Prometo que siempre volveré a tu lado. Y ahora tú debes decírmelas a mí".

"Prometo que siempre volveré a tu lado", había dicho Flora.

Ella susurró las palabras otra vez, ahora, a la ardilla: "Prometo que siempre volveré a tu lado".

Puso un dedo en el pecho de Ulises. Su pequeño corazón parecía emitir con sus latidos un mensaje que decía "te lo prometo, te lo prometo, te lo prometo".

Los corazones son las cosas más extrañas que existen.

—¿Papá? —preguntó Flora.

—Sí —respondió su padre.

—¿Me dejas oír tu corazón?

—¿Mi corazón? —repitió su padre—. Está bien. Claro.

Y entonces, por primera vez en la historia, George Buckman quitó sus manos del volante mientras el vehículo estaba en movimiento.

Abrió los brazos. Flora apartó a Ulises de su regazo suavemente y lo colocó a su lado en el asiento, entonces levantó el brazo y puso su mano en el lado izquierdo del pecho de su padre.

Ella lo sintió. El corazón de su padre, latiendo dentro de él. Lo sentía muy seguro, muy fuerte y muy grande. Tal y como la doctora Meescham había dicho: un gran corazón.

—Gracias —le dijo ella.

—De nada —dijo él—. Siempre que quieras.

Él puso de nuevo las manos sobre el volante en la posición de las diez y las dos en punto, y los tres (Flora, su padre, y la ardilla) recorrieron el resto del camino a casa sumidos en un extraño y tranquilo silencio.

El único ruido era el de los limpiaparabrisas, que zumbaban de un lado a otro, una y otra vez, como si estuvieran cantando una dulce y desafinada canción.

La ardilla dormía.

Y Flora Belle Buckman era feliz.

CAPÍTULO CUARENTA Y DOS
Presentimiento

*S*u padre detuvo el coche en la entrada y apagó el motor. Los limpiaparabrisas dejaron escapar un chirrido de sorpresa y se pararon a mitad de recorrido. La lluvia se redujo a un goteo. El sol salió de detrás de una nube y luego desapareció de nuevo, y el olor de la cátsup fusionado con el del caramelo emergió de nuevo de los asientos del coche con una suave persistencia.

—Ya estamos aquí —dijo su padre.

—Sí —dijo Flora—. Ya estamos aquí.

412 Avenida Bellegrade.

Era la casa en la que Flora había vivido toda su vida.

Pero había algo diferente en ella, algo había cambiado.

¿Qué era?

Ulises trepó hasta su hombro. Ella puso la mano sobre él.

Por alguna razón, la casa tenía un aspecto engañoso, casi como si anduviera en algo turbio.

Presentimiento.

Esa fue la palabra que le vino a la cabeza a Flora.

La casa parecía llena de presentimiento.

"¿Los objetos inanimados (sofás, sillas, espátulas, etcétera) absorben la energía de los criminales, de los malhechores con quienes viven?", había cuestionado *El elemento criminal* en un número reciente.

"Por supuesto que asumir tal cosa es algo totalmente acientífico. Pero aun así, nos vemos obligados a admitir que en este lamentable mundo, existen objetos con una energía amenazadora casi palpable... espátulas que parecen malditas, sofás que contienen manchas del pasado (literal y metafóricamente hablando), casas que parecen gemir y gemir perpetuamente por los pecados acaecidos en sus alrededores. ¿Podemos explicar esto? No. ¿Lo entendemos? No. ¿Sabemos que existen criminales? Sí. También estamos terriblemente (y por desgracia) seguros de que el elemento criminal vivirá siempre entre nosotros".

"Y la archienemiga", pensó Flora, "la archienemiga vivirá siempre entre nosotros también. La archienemiga de Ulises está en estos momentos en esa casa".

—¿Te acuerdas de la Oscuridad de las Diez Mil Manos? —preguntó Flora a su padre.

—Sí —respondió su padre—. Él domina las diez mil manos de la ira, la codicia y la venganza. Es el enemigo jurado de Incandesto.

—Es el archienemigo de Incandesto —dijo Flora.

—Así es —dijo su padre—. Y te diré algo. Más vale que la Oscuridad de las Diez Mil Manos se mantenga alejado de nuestra ardilla.

Tocó el claxon.

—¡Casa del guerrero! —gritó—. ¡Casa del vencedor de gatos, del superhéroe ardilla!

Ulises sacó el pecho.

—Vamos —dijo Flora—. Tenemos que hacerlo. Tenemos que enfrentarnos a la archienemiga.

—¡Eso es! —dijo su padre—. ¡Adelante mis valientes!

Y tocó el claxon otra vez.

CAPÍTULO CUARENTA Y TRES
Cursilería

*E*ntraron en la casa y la pastorcita estaba esperándolos. Estaba allí de pie, donde siempre: con el corderito a su lado, la pequeña esfera encima de la cabeza y una mirada en su cara que decía "yo sé algo que tú no sabes".

El padre de Flora se quitó el sombrero e hizo una reverencia a la lámpara.

—George Buckman. Encantado.

—¿Hola? —gritó Flora en el silencio de la casa.

Desde la cocina llegó el sonido de una risa.

—¿Mamá? —preguntó Flora.

No respondió nadie.

El presentimiento de Flora se profundizó, se expandió.

Y entonces su madre habló:

—Eso es totalmente cierto, William.

¿William?

¿William?

Flora sólo conocía a un William. ¿Qué estaría haciendo él en la cocina con una conocida archienemiga?

Y entonces llegó el familiar ruido de las teclas de la máquina al ser pulsadas, el golpe de la tecla de retorno al ser accionada.

El agarre de Ulises en su hombro se apretó. Él dejó escapar un pequeño gorjeo de emoción.

Su madre se echó a reír de nuevo.

A la risa le siguieron las verdaderamente aterradoras palabras: "Muchas gracias, William".

—¡Shhh! —le dijo Flora a su padre, que estaba de pie, escuchando, con el sombrero en la mano y una sonrisa de bobo en la cara. Tenía una pequeña y redonda gota de sangre en el vendaje de su oreja. Parecía extrañamente alegre.

—Quédate aquí —le ordenó Flora—. Ulises y yo iremos a echar un vistazo.

—Bien, bien —dijo el padre de Flora—. Por supuesto. Yo me quedaré aquí —se puso el sombrero en la cabeza y asintió.

Flora, con el superhéroe en su hombro, caminó en silencio, sigilosamente a través de la sala hasta el comedor, y se detuvo ante la puerta cerrada de la cocina. Se quedó muy quieta. Se convirtió en un Oído Gigante.

Se estaba volviendo una experta en convertirse en un Oído Gigante.

Flora escuchó, y pudo sentir a Ulises con su cuerpo tenso y expectante, escuchando también.

Su madre habló:

—Sí, sería algo así como: "Federico, he soñado contigo durante eones".

—No —dijo otra voz aguda, penetrante y tremendamente fastidiosa—: "He soñado contigo toda la eternidad".

—Ooooh —exclamó la madre de Flora—. Toda la eternidad. Eso está bien. Es más poético.

Ulises cambió de posición sobre el hombro de Flora. Asintió con la cabeza.

—Sí, exactamente —dijo William Spiver—. Más poético. "Eones" suena demasiado geológico. La geología no es nada romántica, se lo aseguro.

—Está bien, está bien —dijo la madre de Flora—. Tienes razón. ¿Qué más, William?

—En realidad, si no le importa, preferiría que me llamara William Spiver.

—Por supuesto —dijo la madre de Flora—. Lo siento. ¿Qué más William Spiver?

—Déjeme pensar —dijo William Spiver—. Supongo que Federico diría: "Y yo he soñado contigo, Angelique. ¡Amada mía! Debo confesarte que eran sueños tan vívidos y hermosos que soy reacio a despertar a la realidad".

—Ooooh, me gusta. Espera un segundo.

Las teclas de la máquina volvieron a repiquetear. La tecla de retorno sonó.

—¿Te parece bueno? —susurró Flora a Ulises—. ¿Crees que es escritura de calidad?

Ulises negó con la cabeza. Sus bigotes rozaron su mejilla.

—Yo tampoco lo creo —dijo ella.

En realidad, pensaba que era terrible. Una bobada empalagosa. Había una palabra para ello. ¿Cuál era?

Cursilería. Ésa era.

Después de haber encontrado la palabra correcta, Flora sintió una repentina necesidad de decirla en voz alta. Y así lo hizo. Empujó la puerta de la cocina y entró.

—Es una cursilería —gritó.

—¿Flora? —dijo su madre.

—¿Una cursilería? —repitió William Spiver.

—¡Sí! —reafirmó Flora.

Ella se mostró satisfecha de que con una simple palabra hubiera respondido dos preguntas muy importantes.

Sí, ella era Flora.

Y sí, eso era una cursilería.

CAPÍTULO CUARENTA Y CUATRO
Su corazón traicionero

*W*illiam Spiver llevaba sus gafas de sol. Tenía una paleta en la boca y estaba sonriendo.

Tenía exactamente el aspecto de un villano.

Eso es lo que el cerebro de Flora pensó.

Pero su corazón, su corazón traicionero, se levantó con alegría dentro de sí al verlo. De hecho, el corazón de Flora estaba *contento* de ver a William Spiver.

Había tantas cosas de las que quería hablar con él: la apuesta de Pascal, la doctora Meescham, el doctor Meescham, calamares gigantes, rosquillas gigantes (y quién las estaba mojando), si había oído hablar de un lugar llamado Blundermeecen y si alguna vez se había sentado en un sofá tipo imperio.

Pero William Spiver estaba sentado junto a la archienemiga de Ulises.

Sonriendo.

Obviamente, él no era de fiar.

—¿Flora Belle? —preguntó William Spiver.

—Soy yo —respondió Flora—. Me sorprende que no me huelas, William Spiver. Ya que tú puedes olerlo todo.

—Nunca he afirmado ser capaz de olerlo todo; sin embargo, es cierto que en este momento me huele a ardilla. Y hay otro olor. Es algo dulce, un fragante aroma a comedores escolares en jueves de lluvia. ¿Qué es? Mermelada. Sí, mermelada de uva. Me huele a ardilla y a mermelada de uva.

—¿Ardilla? —preguntó la madre de Flora. Se apartó de la máquina de escribir y miró a Flora—. ¿Ardilla? —repitió—. ¿Qué demonios estás haciendo de nuevo aquí con esa ardilla? Le dije a tu padre que...

—¡Este crimen debe ser impedido! —gritó Flora.

Su madre, con las manos posadas aún sobre las teclas de la máquina de escribir, contempló a Flora con la boca abierta.

William Spiver, por una vez, se quedó en silencio.

Sobre el hombro de Flora, la ardilla se estremeció.

Flora levantó lentamente su brazo izquierdo. Señaló a su madre y dijo:

—¿Qué le pediste a mi padre que le hiciera a la ardilla?

Su madre se aclaró la garganta:

—Le pedí a tu padre que...

Pero la frase se quedó sin terminar, la verdad sin pronunciar, debido a que la puerta de la cocina se abrió de repente para revelar al padre de Flora.

—George Buckman —dijo a toda la sala—. Encantado.

Entró en la cocina y se puso al lado de Flora.

—George, pero ¿qué demonios? —exclamó la madre de Flora—. Parece como si hubieras estado en una batalla.

—Estoy bien, muy bien. La ardilla me salvó.

—¿Qué? —preguntó la madre de Flora.

—Fui atacado por el Señor Klaus. Se lanzó sobre mi cabeza. Y...

—Esto es fascinante —dijo William Spiver—. Pero ¿puedo interrumpir un momento?

—Por supuesto.

—¿Quién es el señor Klaus?

—El señor Klaus es el propietario de mi edificio y también es un gato. Un gato grande. Por lo general se lanza a los tobillos. Esta vez se lanzó a la cabeza. A mi cabeza. Fue un ataque muy repentino. Yo no estaba preparado.

—¿Y? —preguntó William Spiver.

—Oh, sí. Y. Y el Señor Klaus me mordió la oreja. Y me dolió mucho. Y la ardilla me rescató.

—¿Acaso has perdido el juicio? —exclamó la madre de Flora.

—No lo creo —respondió el padre de Flora. Sonrió con optimismo.

—¿No puedes hacerte cargo de la tarea más pequeña? Te pedí que te hicieras cargo del tema de la ardilla.

Flora sintió que le invadía una oleada de furia.

—Deja de hablar eufemísticamente —dijo—. Deja de llamarlo "el tema de la ardilla". Tú le pediste que la matara. ¡Le pediste que asesinara a mi ardilla!

Ulises dejó escapar un sonido de conformidad.

Y entonces la cocina se quedó tan silenciosa como una tumba.

CAPÍTULO CUARENTA Y CINCO
Seis palabras

*E*s la verdad. Le pediste a papá que matara a Ulises. Después de acusar a su madre, Flora volvió la atención sobre William Spiver y su traición.

—¿Qué estás haciendo aquí, William Spiver? ¿Por qué estás en la cocina? ¿Con mi madre?

—Me está ayudando con mi novela.

William Spiver se sonrojó de un rojo brillante como de otro mundo.

—Estoy encantado de que considere que puedo serle de ayuda, señora Buckman —dijo. Se sacó la paleta de la boca y se inclinó en dirección a la madre de Flora—. Debo admitir que siempre he tenido cierta facilidad de palabra. Y me apasiona el contenido novelístico. Aunque mis intereses se centren menos en la parte romántica y más en la naturaleza especulativa de las cosas. La ciencia ficción, si se quiere decir así. Realidad mezclada con fantasía, una meditación ampliada sobre la naturaleza del universo. Quarks, estrellas enanas, agujeros negros y similares. ¿Saben, por ejemplo, que el universo se está expandiendo en estos momentos?

Sólo Ulises respondió a esta pregunta. La ardilla agitó vigorosamente su cabeza, obviamente sorprendido. William Spiver se subió las gafas de sol a la parte alta de su nariz. Tomó una respiración profunda.

—Hablando de expansión, ¿saben que en estos momentos hay algo así como noventa mil millones de galaxias en el universo? En un universo tal, parece ridículo y temerario aspirar a realizar una creación propia, pero aun así, yo persevero. Persevero.

—No has respondido a mi pregunta, William Spiver —dijo Flora.

—Déjame intentarlo otra vez.

—No —dijo Flora—. Eres un traidor. Y tú —giró y señaló a su madre— eres una archienemiga, una verdadera villana.

La madre de Flora se cruzó de brazos y dijo:

—Yo soy alguien que quiere lo mejor para ti. Si eso me convierte en una villana, está bien.

Flora respiró hondo.

—Me voy a vivir con papá.

—¿Qué? —exclamó su madre.

—¿En serio? —preguntó su padre.

—Tu padre —dijo su madre— ni siquiera sabe cuidar de sí mismo, mucho menos de alguien más.

—Por lo menos él no desea tener una lámpara como hija —dijo Flora.

—Creo que me estoy perdiendo de algo —dijo William Spiver.

—Quiero vivir con papá —dijo Flora.

—¿En serio? —repitió su padre.

—Adelante —dijo su madre—. Sin duda, eso me haría la vida más fácil.

"Me haría la vida más fácil".

Esas seis palabras, tan pequeñas, tan simples, tan comunes, llegaron volando hasta Flora como enormes losas de piedra. De hecho, se sintió volcada hacia un lado, cuando fue golpeada por ellas. Levantó una mano y asió a Ulises. Usó a la ardilla para mantener el equilibrio.

—No albergues esperanzas —susurró Flora. Pero no estaba segura de qué esperanzas eran las que no albergaba.

Todo lo que sabía es que ella era una cínica, y que su corazón estaba herido. Los corazones cínicos no deberían poder herirse.

William Spiver empujó su silla hacia atrás y se puso de pie.

—Señora Buckman —dijo—, ¿quizá usted querría retractarse de estas últimas palabras? Parecen innecesariamente duras.

La madre de Flora no dijo nada.

William Spiver permaneció de pie.

—Está bien, entonces —dijo—. Ahora hablaré yo. Voy a intentar, una vez más, hacerme entender —hizo una pausa—. La única razón por la que estoy aquí, Flora Belle, es porque he venido a buscarte. Te fuiste hace mucho tiempo y te extrañaba, y me preguntaba si habrías regresado y vine a buscarte.

Flora cerró los ojos. No vio nada más que oscuridad. Y en esa oscuridad nadaba lentamente el calamar gigante del otro doctor Meescham, avanzando con tristeza, agitando sus ocho solitarios y enormes tentáculos.

"He venido a buscarte".

¿Qué le había pasado con William Spiver y las palabras que le había dicho? ¿Por qué habían hecho que se le encogiera el corazón?

—Grasa de foca —dijo Flora.

—¿Cómo dices? —preguntó William Spiver.

Ulises empujó suavemente la mano de Flora.

Y entonces la ardilla saltó lejos de ella.

—Oh, no —dijo la madre de Flora—. No. Eso no. No, no...
Ulises voló sobre la cabeza de Phyllis Buckman. Se fue
hacia arriba y luego más arriba aún.

—Sí —dijo Flora—. Sí.

CAPÍTULO CUARENTA Y SEIS
Agigantada

ÉL VOLÓ PORQUE ERA UN SUPERHÉROE.

¡Y VENÍA AL RESCATE! A ALEGRAR A FLORA...

WILLIAM SPIVER DIJO QUE EL UNIVERSO SE ESTABA EXPANDIENDO.

¡ESO SIGNIFICA QUE HABRÁ MÁS DE TODO! MÁS CHEETOS, MÁS SÁNDWICHES DE MERMELADA, MÁS PALABRAS, MÁS POEMAS, MÁS AMOR. Y MÁS ROSQUILLAS GIGANTES... QUIZÁ INCLUSO ROSQUILLAS AGIGANTADAS.

¿EXISTE LA PALABRA "AGIGANTADA"?

SEGURAMENTE SÍ.

CAPÍTULO CUARENTA Y SIETE
Ardillas voladoras

*¿P*or qué, se preguntó Flora, todo se quedaba en silencio cuando Ulises volaba?

En La Rosquilla Gigante sucedió lo mismo (al menos hasta que todo el mundo comenzó a gritar). Era como si descendiera un poco de paz. El mundo se volvía entonces ensoñador, hermoso, lento.

Flora miró a su alrededor. Sonrió. El sol brillaba en la cocina, iluminándolo todo: los bigotes de Ulises, las teclas de la máquina de escribir, la cara de su padre, sonriente y mirando hacia arriba, y la de su madre, atónita e incrédula.

Hasta William Spiver estaba iluminado, su pelo blanco refulgía como una aureola salvaje.

—¿Qué es eso? —preguntó William Spiver—. ¿Qué está pasando?

El padre de Flora rio.

—¿Lo ves, Phyllis? ¿Lo ves? —exclamó—. Cualquier cosa puede suceder.

Ulises flotaba por encima de ellos. Planeó hasta el suelo y al instante volvió al techo. Miró detrás de él y realizó una relajada voltereta hacia atrás en pleno vuelo.

—Por el amor de Dios —dijo la madre de Flora con una voz extraña y acartonada.

—Que alguien me diga algo —pidió William Spiver.

Ulises se dejó caer de nuevo. Pasó volando al lado de la oreja derecha de William Spiver.

—¡Ahhhhh! —gritó William Spiver—. ¿Qué ha sido eso?

—La ardilla —dijo la madre de Flora con su nueva y extraña voz—. Está volando —se puso en pie de repente—. Está bien. De acuerdo. Debo ir arriba y tomar una siesta.

Lo cual resultaba extraño viniendo de ella, porque la madre de Flora no era, en absoluto, alguien que acostumbrara tomar siestas. De hecho, era una "antisiestas". Ella no creía para nada en las siestas. Decía con frecuencia que eran una gran, gran pérdida de tiempo.

—Sí, una siestecita. Eso es lo que necesito.

La madre de Flora salió de la cocina y cerró la puerta detrás de ella.

Ulises aterrizó en la mesa, a un lado de la máquina de escribir.

—No es tan sorprendente —dijo William Spiver—. Hay ardillas voladoras. Existen. De hecho, hay algunas teorías que postulan que todas las ardillas descienden de la ardilla voladora. En cualquier caso, las ardillas voladoras son en sí mismas un hecho documentado.

Ulises miró a William Spiver y luego a Flora.

Extendió una pata y presionó una tecla de la máquina de escribir.

El clac resonó por la cocina.

—¿Qué puedes decir de las ardillas voladoras que escriben? —preguntó Flora.

—No está tan bien documentado —admitió William Spiver.

Ulises presionó otra tecla. Y luego otra.

—Santa bagumba —exclamó el padre de Flora—. Vuela. Vence a los gatos. Y escribe a máquina.

—Es un superhéroe —dijo Flora.

—Es increíble —continuó su padre—. Es maravilloso. Pero creo que será mejor que tenga una pequeña charla con tu madre acerca de toda, ejem, la situación.

CAPÍTULO CUARENTA Y OCHO
Desterrado

*C*lac... clac... clac...

Flora permaneció en silencio.

William Spiver permaneció en silencio.

La ardilla escribía.

—¿Flora Belle? —dijo William Spiver.

—¿Ajá? —respondió Flora.

—Quería asegurarme de que todavía estabas aquí.

—¿Dónde más podría estar?

—Bueno, no lo sé. Dijiste que te ibas a mudar.

—Mi madre quiere que me vaya.

—No sé si es exactamente eso lo que quiso decir —añadió William Spiver—. Creo que estaba desconcertada. Y tal vez se sintió herida. La verdad es que ella no se expresó muy bien. Resulta sorprendente que una novelista romántica pueda ser tan inepta con el lenguaje del corazón.

Clac... clac... clac...

Ulises tenía una mirada de suprema satisfacción en la cara.

—Ella dijo que sería más fácil sin mí —dijo Flora.

—Sí, bueno —dijo William Spiver. Se subió las gafas hasta la nariz. Sacó una silla y se sentó de nuevo a la mesa de la cocina. Exhaló un profundo suspiro.

—Mis labios están entumecidos —dijo Flora.

—Conozco esa sensación. Después de haber sufrido varios episodios traumáticos en mi vida, estoy muy familiarizado con las manifestaciones corporales de tristeza.

—¿Qué te pasó? —le preguntó Flora.

—Fui desterrado.

Desterrado.

Era una palabra que Flora podía sentir en la boca del estómago, una palabra convertida en una piedrecita fría como el hielo.

—¿Por qué fuiste desterrado?

—Creo que la pregunta más pertinente sería: ¿quién me desterró?

—Está bien —rectificó Flora—. ¿Quién te desterró?

—Mi madre —respondió William Spiver.

Flora sintió otra piedra cayendo en el fondo de su estómago.

—¿Por qué? —preguntó.

—Hubo un desafortunado incidente relacionado con el nuevo marido de mi madre, un hombre que no es mi padre. Un hombre que ostenta el estúpido apelativo de Tyrone.

—¿Dónde está tu padre? —preguntó Flora.

—Murió.

—Oh.

Una piedra más se hundió en el fondo del estómago de Flora.

—Mi padre, mi verdadero padre, era un hombre de gran humanidad e inteligencia —dijo William Spiver—. Además, tenía unos pies delicados. Unos pies muy, muy diminutos. Yo también tengo los pies pequeños.

Flora miró los pies de William Spiver. No parecían excesivamente pequeños.

—No es que esta información sea especialmente relevante. En cualquier caso, mi padre era un hombre que tocaba el piano maravillosamente bien. Tenía un profundo conocimiento de la astronomía. Le gustaba mirar las estrellas. Se llamaba William. Pero está muerto. Y ahora mi madre está casada con un hombre que se llama Tyrone, que no tiene pies delicados y que ignora por completo que haya estrellas en el cielo. Los misterios del universo no significan nada para él. Vendió el piano de mi padre. Es un hombre que se niega a llamarme William. En cambio, se refiere a mí como Billy. Mi nombre, como tú sabes, no es ahora, ni ha sido, ni será nunca Billy. Me mostré en desacuerdo con ser llamado así. Me mostré en desacuerdo en varias ocasiones. Y después de mostrarme en desacuerdo en varias ocasiones y ser repetidamente ignorado, una cosa llevó a la otra y se produjeron algunos actos irrevocables. Y de esta forma, fui desterrado.

—¿Qué cosa llevó a la otra? —preguntó Flora—. ¿Qué actos irrevocables se produjeron?

—Es complicado —dijo William Spiver—. No quiero hablar de eso ahora. Pero ya que nos estamos haciendo mutuamente preguntas de índole marcadamente emocional, ¿por qué dijiste que tu madre quería una lámpara como hija?

—Es complicado —respondió Flora.

—Estoy seguro de que así es. Y me siento identificado.

Hubo otro largo silencio interrumpido por el traqueteo de las teclas de la máquina de escribir.

—Supongo que la ardilla está trabajando en otro poema —dijo William Spiver.

—Supongo —respondió Flora.

—Parece que es largo. Como una epopeya. ¿Qué diantres es lo que una ardilla necesita escribir de tal extensión?

—Hoy han pasado muchas cosas —dijo Flora.

Caía la tarde. Las sombras del olmo y del arce del patio trasero entraban en la cocina y se derramaban por el suelo en líneas de color púrpura.

Flora extrañaría esas sombras cuando se mudara.

Extrañaría los árboles.

Suponía que extrañaría incluso a William Spiver.

Y luego, casi como si estuviera leyendo su mente, William Spiver dijo:

—Era cierto lo que dije. Estoy aquí porque te estaba buscando. Te extrañaba.

El corazón de Flora, su solitario calamar de muchos tentáculos, se volcó y se agitó dentro de ella.

Ella abrió la boca para decir que no importaba, que en realidad no importaba, que ya no importaba. Pero como de costumbre, lo que pretendía decirle a William Spiver y lo que le dijo eran dos cosas diferentes.

La frase que Flora pretendía decir era: "No importa".

Pero la frase que dijo fue:

—¿Alguna vez has oído hablar de un lugar llamado Blundermeecen?

—¿Cómo dices? —preguntó William Spiver y levantó su mano derecha—. No pretendo alarmarte. Pero ¿no te huele a humo?

Flora olfateó. En efecto, olía a humo.

¿Es que ahora también iba a haber un incendio? ¿Además de todo lo demás?

Por todos los cielos.

CAPÍTULO CUARENTA Y NUEVE
¡Buenas noticias, Flora Belle!

*L*a madre y el padre de Flora entraron juntos en la cocina. Su madre tenía un cigarrillo en la boca.

¡Su madre estaba fumando!

Su padre tenía el brazo alrededor del hombro de su madre. Esto era casi tan alarmante como ver fumar a su madre. Su madre y su padre no se tocaban jamás.

—¡Buenas noticias, Flora Belle! —exclamó su padre.

—¿En serio? —dijo Flora.

Ella nunca lo creía cuando alguien le decía tener buenas noticias. Por su experiencia, cuando había buenas noticias, la gente decía simplemente cuáles eran esas noticias. Si había malas noticias y querían hacerte creer que eran buenas, entonces decían: "¡Buenas noticias!".

Y si eran noticias realmente malas, decían: "¡Buenas noticias, Flora Belle!".

—Tu madre piensa que sería maravilloso que la ardilla se quedara aquí —dijo su padre.

—¿Qué? —preguntó Flora—. ¿Aquí? ¿Con ella? ¿Y dónde se supone que me voy a quedar yo?

—Aquí —respondió su padre—. Con tu madre. Tu madre, la ardilla y tú. Eso es lo que le gustaría a tu madre.

Flora miró a su madre.

—¿Mamá? —le preguntó.

—Sería un honor —respondió su madre y dio una larga fumada a su cigarrillo. Su mano estaba temblando.

—¿Por qué estás fumando? —preguntó Flora—. Pensé que habías dejado de fumar.

—Parece que no era el mejor momento para dejarlo —respondió su madre y entrecerró los ojos—. En estos momentos estoy bajo mucha presión. A propósito, veo que la ardilla está escribiendo. En mi máquina de escribir. Donde yo escribo.

—Ulises escribe poesía —dijo William Spiver—. No novelas.

—Vamos a ver —dijo la madre de Flora. Se acercó hasta la máquina de escribir y se quedó mirando a Ulises y las palabras que había escrito—. Veamos qué tipo de poesía escribe una ardilla.

Su voz todavía sonaba rara, metálica y lejana, como si estuviera hablando desde el fondo de un pozo oscuro. De hecho, sonaba como si fuera un robot, alguien que finge ser humano pero que no es para nada creíble.

Flora sintió un pequeño destello de miedo.

—Déjame prender otro cigarrillo —dijo su madre con la voz de robot.

Encendió un nuevo cigarrillo con la colilla del anterior, lo cual era sin ninguna duda, y en el mejor de los casos, un comportamiento peligroso de fumador empedernido.

Y éste, obviamente, no era el mejor de los casos.

Su madre dio una profunda fumada al cigarrillo y exhaló el humo.

—¿Leo el poema de la ardilla en voz alta? —preguntó.

CAPÍTULO CINCUENTA

Una lista incompleta

*E*n realidad, no era un poema.

Todavía no.

De momento era sólo una lista de palabras que quería convertir en poema.

La primera palabra de la lista era `Mermelada`.

A `Mermelada` le seguía `Rosquilla gigante`, a la que a su vez seguía `Chispas de colores`.

La lista continuaba con las siguientes palabras:

`¡RITA!`

`Huevos fritos`

`Pascal`

`Calamar gigante`

`Pastorcita`

`Vencido`

`Gran corazón`

`Quark`

`Universo (en expansión)`

`Blundermeecen`

`Desterrado`

La lista terminaba con las palabras de despedida de la doctora Meescham:

`Prometo que siempre volveré`

`a tu lado.`

Las palabras eran buenas, Ulises sentía incluso que, tal vez, eran palabras magníficas, pero la lista estaba muy incompleta.

Acababa de comenzar. Debía ordenarlas, trabajar en ellas, imprimirles sus sentimientos.

Todo esto para explicar que cuando la madre de Flora leyó la lista en voz alta, no sonaron muy impresionantes.

—Madre mía, es un poema estupendo —exclamó George Buckman.

—La verdad es que no —dijo William Spiver—. No tiene sentido mentirle, aunque sea una ardilla. En realidad, es un poema bastante malo. Pero me gusta la última parte, esa de volver a tu lado. Tiene algo de peso emocional.

—Bueno, yo creo que es simplemente genial —dijo la madre de Flora—. Y estoy encantada de recibir a otro escritor en la familia.

Ella le dio unas palmaditas en la cabeza a Ulises. Con demasiada fuerza, le pareció a él. La palmadita se acercaba a la violencia.

—Vamos a ser una pequeña familia feliz —dijo la madre de Flora. Le dio a Ulises otro golpe disfrazado de palmadita.

—¿En serio? —preguntó Flora.

—Oh, sí —respondió su madre.

Alguien llamó a la puerta trasera.

—¡Hooolaaa!

"¡Tootie!", pensó Ulises.

—¡Tootie! —exclamó Flora.

—Señora Tickham —dijo la madre de Flora—. Pase. Acabamos de leer algunas palabras que la ardilla ha mecanografiado. Ja, ja. Estábamos leyendo poesía de ardilla.

—William —dijo Tootie—. Te he estado llamando y llamando.

—No te oí.

—Bueno, tengo que admitir que no te estaba llamando a gritos —aclaró Tootie—. ¿Qué ha escrito Ulises?

La madre de Flora leyó la lista otra vez.

Tootie puso la mano sobre su corazón y dijo:

—Oh, esas últimas líneas son hermosas, desgarradoras.

—Esas últimas líneas son la única parte coherente de todo el poema —dijo William Spiver.

—Ulises me ha inspirado a escribir algo de poesía propia —dijo Tootie.

Ulises sintió cómo se hinchaba. ¡Él había inspirado a Tootie! Se volvió y olisqueó su cola.

—Me gustaría leer tu poesía, Tootie —dijo Flora.

—Bueno, deberíamos hacer una lectura poética en algún momento. Estoy segura de que Ulises lo disfrutaría.

La ardilla asintió.

Sí, sí. Él lo disfrutaría.

También disfrutaría tener algo para comer.

Los sándwiches de mermelada de la doctora Meescham habían sido maravillosos, pero eso fue hace mucho tiempo. A él le gustaría comer y le gustaría que Tootie leyera poesía para él. Y le gustaría trabajar en su propio poema.

Además, le gustaría que la madre de Flora dejara de golpearlo en la cabeza, lo cual estaba haciendo otra vez.

—William —dijo Tootie—, te llamó tu madre.

—¿Me llamó? —preguntó William Spiver. Su voz chillona sonó esperanzada—. ¿En serio? ¿Quiere que vuelva a casa?

—Por desgracia, no —dijo Tootie—. Pero es hora de cenar. Ven conmigo a casa a comer algo.

"Casa", pensó Ulises. "Esa es una buena palabra. Y cena también lo es".

Regresó nuevamente a la máquina de escribir.

Buscó la C.

CAPÍTULO CINCUENTA Y UNO
¡Poseída!

*L*as cosas eran muy extrañas.

Su madre insistió en que se sentaran juntos a la mesa del comedor. Los tres. También insistió en que Ulises se sentara en una silla, lo cual era ridículo, porque si se sentaba en una silla, no sería capaz de llegar a la mesa.

—Él puede sentarse aquí, conmigo —dijo Flora.

—Oh, no, no. Quiero que se sienta como en su casa. Quiero que sepa que tiene, literalmente, una silla en nuestra mesa.

Su madre le había tendido la silla y Ulises había subido sobre ella, y entonces ella deslizó la silla hasta colocarla bajo la mesa. Sólo con eso se te rompía el corazón, ver cómo su bigotudo e ilusionado rostro, desaparecía bajo el mantel.

Si su madre no hubiera estado actuando de una manera tan extraña, Flora habría dicho algo, habría discutido con más vehemencia.

Pero su madre *estaba* actuando de una manera extraña.

Muy, muy extraña.

No sólo se trataba de su voz robótica; también estaba diciendo cosas que nunca habría dicho antes, expresando sentimientos que parecían estar en contradicción con la madre que Flora siempre había conocido.

Por ejemplo: querer que una ardilla tuviera una silla en la mesa.

Por ejemplo: animar a que Flora tomara una segunda ración de macarrones con queso.

Por ejemplo: no decir nada sobre la probabilidad de que Flora aumentara su corpulencia al tomar una segunda ración de macarrones con queso.

Era casi como si su madre estuviera poseída.

¡COSAS TERRIBLES QUE PUEDEN SUCEDERTE A TI! había publicado un número titulado *Diablos,* Dybbuks *y maldiciones.* Al parecer, a lo largo de la historia, las personas que actuaban de manera extraña habían sido acusadas de estar poseídas por el diablo o por un demonio. O por un alienígena del espacio exterior. Según *¡COSAS TERRIBLES!,* estas personas no estaban (probablemente) poseídas. Más bien, sus psiques habían sido empujadas por circunstancias extraordinarias a un punto de ruptura y habían experimentado una especie de colapso nervioso.

La conjetura de Flora era que una ardilla voladora y escritora era más, mucho más, de lo que la psique de su madre podía soportar. Había sido empujada al límite y estaba sufriendo algún tipo de crisis nerviosa.

Eso o estaba poseída.

Por supuesto que el padre de Flora había sido empujado también al límite. Pero todo lo relacionado con Ulises le había afectado de una manera diferente. De algún modo, le había alegrado, tal vez porque la *santabagumbadad* de todo esto le había recordado a Incandesto y Dolores y, también, la posibilidad de lo imposible.

—¿No puedo ir a vivir contigo? —le preguntó Flora a su padre cuando se fue esa noche.

—Claro que puedes venir a vivir conmigo —respondió su padre—. Pero ahora tu madre te necesita.

—Ella no me necesita —replicó Flora—, dijo que su vida sería más fácil sin mí.

—Creo que tu madre ha olvidado cómo decir lo que quiere decir.

—Además —añadió Flora—, ella odia a Ulises. No puedo vivir con alguien que odie a mi ardilla.

—Dale una oportunidad —dijo su padre.

—Está bien —dijo Flora.

Cuando su padre se fue de casa esa noche, Flora le susurró las palabras de despedida de la doctora Meescham y, aunque no era posible que él pudiera oírla, a Flora le decepcionó que su padre no se volviera hacia ella.

Pero, de todos modos, allí estaba ella, dándole una oportunidad a su madre que, por lo que Flora veía, implicaba mirar a Phyllis Buckman usar la vela de la mesa del comedor para encender un cigarrillo tras otro.

Flora estaba convencida de que en algún momento el cabello de su madre se incendiaría.

¿Qué se hacía cuando el cabello de alguien se incendiaba? Estaba relacionado con una alfombra. Había que atizarle la cabeza con una alfombra (eso era todo). Flora miró alrededor del comedor. ¿Tenían ellos siquiera una alfombra?

Le echó un ojo a la pastorcita colocada al fondo de las escaleras. Mary Ann estaba mirando a Flora y a su madre con una mirada hastiada y crítica. Por una vez, Flora estuvo de acuerdo con la lámpara: las cosas estaban fuera de control.

—Bueno —dijo su madre—, es una delicia pasar el tiempo con los miembros de mi familia, roedores y otros. Pero me duele la cabeza; iré arriba y descansaré mis ojos un rato.

—Está bien —dijo Flora—. Voy a recoger la mesa.

—Estupendo. Muy amable de tu parte.

Después de que su extraña madre subiera las escaleras, Flora retiró la silla de Ulises. Él saltó sobre la mesa y miró el plato lleno de macarrones con queso. Miró a Flora.

—Adelante —dijo ella—. Es para ti.

Cogió un macarrón y lo sostuvo entre sus patas, admirándolo.

Al contemplarlo, Flora recordó de pronto una imagen de *Las aventuras iluminadas del increíble ¡Incandesto!* Era una ilustración de Alfred T. Slipper de pie ante una ventana oscura. Tenía las manos en la espalda y Dolores estaba en su hombro. Alfred miraba por la ventana y decía: "Estoy solo en el mundo, Dolores, y siento nostalgia de mi propia especie".

La ardilla se comió el macarrón y cogió otro. Tenía salsa de queso en sus bigotes. Parecía feliz.

—Estoy nostálgica —dijo Flora—. Extraño a mi padre.

Ulises levantó la mirada hacia ella.

—Extraño a William Spiver.

Esta era una frase que uno nunca habría podido imaginar que diría.

"Extraño incluso a mi madre", pensó Flora, "o extraño a la persona que solía ser".

Afuera estaba oscuro.

Su madre estaba arriba. Su padre estaba en el Blixen Arms. William Spiver estaba en la casa de al lado.

El universo se estaba expandiendo.

Y Flora Belle Buckman sentía nostalgia de su propia especie.

CAPÍTULO CINCUENTA Y DOS
¿Hay una palabra para eso?

*U*lises se sentó en la ventana del cuarto de Flora y bajó la mirada hacia ella, que estaba durmiendo, y luego la dirigió hacia arriba y hacia fuera, hacia las ventanas iluminadas de las otras casas. Pensó en las palabras que le gustaría añadir a su poema. Pensó en la música que sonaba en la casa de la doctora Meescham, la forma en la que sonaban las voces, cantando. Pensó en la expresión del Señor Klaus cuando salió volando hasta el fondo del pasillo.

¿Había una palabra para eso?

¿Había una palabra para todas esas cosas juntas? ¿Las ventanas iluminadas y la música y la mirada incrédula de terror en la cara de un gato cuando es vencido?

La ardilla escuchaba el viento soplar a través de las hojas de los árboles. Cerró los ojos y se imaginó una rosquilla gigante recubierta de chispas de colores y rellena de crema. O quizá de mermelada.

Pensó en volar.

Pensó en la expresión del rostro de Flora cuando su madre dijo que la vida sería más fácil sin ella.

¿Qué se suponía que debía hacer una ardilla con todos esos pensamientos y sentimientos?

Flora dejó escapar un pequeño ronquido.

Ulises abrió los ojos. Los mantuvo abiertos hasta que las luces de las ventanas de las otras casas se fueron apagando una a una, y el mundo quedó a oscuras a excepción de un único farol al final de la cuadra. El farol se esfumó en la oscuridad y luego se encendió de nuevo y luego se esfumó nuevamente… oscuridad, luz, oscuridad, luz.

"¿Qué es", se preguntó Ulises, "lo que quiere decir el farol?".

Pensó en William Spiver.

Pensó en la palabra *desterrado* y en la palabra *nostálgico*.

Se imaginó escribiendo las palabras y viéndolas aparecer sobre el papel, letra por letra.

Flora le había dicho antes de irse a dormir que pensaba que sería mejor idea que no escribiera nada durante un tiempo, al menos no en la máquina de escribir de su madre.

—Me parece que eso la provoca —dijo—. Creo que tus poemas mecanografiados y tus vuelos alrededor de la cocina le han desencadenado una especie de colapso nervioso. O algo así.

Después de decir eso, le dedicó una mirada triste y cerró la puerta del cuarto.

—Cierro la puerta como recordatorio, ¿de acuerdo? No escribir a máquina. No escribir.

CAPÍTULO CINCUENTA Y TRES
Un cartel

*F*lora estaba soñando.

Se encontraba sentada en la orilla de un río. William Spiver estaba sentado a su lado. El sol brillaba y, a lo lejos, había un cartel, un cartel de neón. En el cartel había una palabra, pero Flora no alcanzaba a leerla.

—¿Qué dice el cartel? —preguntó Flora.

—¿Qué cartel? —preguntó William Spiver—. Sufro ceguera temporal.

Era reconfortante comprobar que William Spiver actuaba igual de irritantemente en su sueño como lo haría en la vida real. Flora se relajó y contempló el río. Nunca había visto nada tan brillante.

—Si yo fuera una exploradora y descubriera este río, lo llamaría Incandesto.

—Piensa en el universo como si fuera un acordeón —dijo William Spiver.

Flora sintió una punzada de irritación.

—¿Eso qué significa? —preguntó.

—¿No lo oyes? —preguntó William Spiver. Inclinó la cabeza a un lado y prestó atención.

Flora lo escuchó también. Sonaba como si a lo lejos, alguien estuviera tocando un piano de juguete.

—¿No es hermoso? —preguntó William Spiver.

—No me suena muy parecido a un acordeón —respondió Flora.

—Oh, Flora Belle —dijo William Spiver —, eres tan cínica. Por supuesto que es un acordeón.

El cartel estaba más cerca. Se había movido quién sabe cómo. Las letras de neón parpadeaban intermitentemente y deletreaban las palabras BIENVENIDO A BLUNDERMEECEN.

—¡Vaya! —exclamó Flora.

—¿Qué? —preguntó William Spiver.

—Puedo leer el cartel.

—¿Qué dice?

—Bienvenido a Blundermeecen —respondió Flora.

La música de piano se hizo más fuerte. William Spiver agarró su mano y se sentaron juntos a orillas del río Incandesto.

Flora era completamente feliz.

Pensó: "No me siento en absoluto nostálgica".

Pensó: "¡William Spiver me está agarrando la mano!".

Y luego pensó: "Me pregunto dónde estará Ulises".

CAPÍTULO CINCUENTA Y CUATRO
Querida Flora

*L*a cocina estaba a oscuras, iluminada sólo por la luz del horno. La ardilla estaba sola. Pero tenía la extraña sensación de no estarlo. Era casi como si un gato lo estuviera observando.

¿Lo habría localizado el Señor Klaus? ¿Estaría escondido en las sombras, a la espera de ejecutar su venganza? La venganza de los gatos es una cosa terrible. Los gatos nunca olvidan una ofensa. Nunca. Y ser arrojado por una ardilla al fondo de un pasillo, de espaldas, era algo terrible.

Ulises se quedó muy quieto. Alzó su nariz y olfateó, pero no le olía a gato.

Le olía a humo.

La madre de Flora salió de las sombras a la tenue luz de la cocina.

—Así que... —dijo—. Veo que te has tomado la libertad de usar de nuevo mi máquina de escribir, poniéndole tus patitas de ardilla encima —dio otro paso hacia adelante. Se puso el cigarrillo en la boca, extendió las dos manos y arrancó de un tirón del papel que estaba en la máquina de escribir.

Los rodillos gritaron en señal de protesta.

La madre de Flora arrugó el poema (sin mirarlo, sin siquiera leer una sola palabra) y dejó caer el papel al suelo.

—Entonces... —dijo.

Formó un anillo de humo y el círculo flotó en la tenue luz de la cocina, un hermoso y misterioso O. Mientras miraba el humo del cigarrillo suspendido en el aire por encima de él, Ulises tuvo una sensación de alegría y tristeza al mismo tiempo.

Amaba el mundo. Lo amaba en su totalidad: los anillos de humo y los calamares solitarios y las rosquillas gigantes y la cabeza redonda de Flora Belle Buckman con todos sus maravillosos pensamientos dentro de ella. Amaba a William Spiver y su universo en expansión. Amaba al señor George Buckman y su sombrero y el aspecto que tenía cuando reía. Amaba a la doctora Meescham y sus ojos llorosos y sus sándwiches de mermelada. Amaba a Tootie, que lo había llamado poeta. Amaba a la estúpida pastorcita. Amaba incluso al Señor Klaus.

Amaba el mundo, este mundo; no quería abandonarlo.

La madre de Flora se puso a su lado y cogió una hoja de papel en blanco y la puso en la máquina de escribir.

—¿Quieres escribir? —le preguntó.

Él asintió con la cabeza. Quería escribir. Le encantaba escribir.

—Está bien, vamos a teclear. Vas a escribir lo que yo te diga.

Pero eso, escribir lo que alguien te dictaba, iba en contra de todo lo que significaba escribir.

—Querida Flora.

Ulises negó con la cabeza.

—Querida Flora —dijo nuevamente la madre de Flora con una voz más fuerte, más insistente.

Ulises levantó la mirada hacia ella. El humo salía de sus fosas nasales en dos finos chorros.

—Hazlo —dijo.

Lenta, muy lentamente, la ardilla tecleó las palabras.

`Querida Flora:`

Y entonces, aturdido con una voluntad muda, tecleó cada una de las terribles y falsas palabras que salieron de la boca de Phyllis Buckman.

La ardilla escribió el dictado.

CAPÍTULO CINCUENTA Y CINCO
Una ardilla de piedra

*C*uando terminó, la madre de Flora leyó por encima de su hombro, asintiendo y diciendo:

—Así es, perfecto. Esto debería bastar. Hay algunas faltas ortográficas. Pero claro, eres una ardilla. Por supuesto que vas a cometer faltas ortográficas.

Encendió otro cigarrillo, se apoyó en la mesa de la cocina y lo miró.

—Creo que ha llegado la hora. Espera aquí. Vuelvo enseguida.

Y él hizo lo que le ordenó. Esperó.

Ella salió de la cocina, y él simplemente se quedó allí, inmóvil. Era como si lo hubieran hechizado; como si escribir esas mentiras, esas palabras impuestas, lo hubiera despojado de toda capacidad de acción.

Una vez, hace mucho tiempo, en un parque durante la primavera, Ulises había visto una ardilla de piedra: gris, de mirada vacía, congelada. Entre sus patas de piedra, sostenía una bellota de piedra que nunca llegaría a comerse. Era probable que esa ardilla estuviera en el jardín ahora, sosteniendo todavía esa bellota, a la espera.

"Soy una ardilla de piedra", pensó Ulises. "No me puedo mover".

Miró las palabras que había mecanografiado. Eran palabras falsas. Varias de ellas estaban mal escritas. No había alegría en ellas, no había amor. Y lo peor de todo, es que eran palabras que le harían daño a Flora.

Se volvió lentamente. Olisqueó su cola. Y tal y como lo hizo, recordó las palabras que Flora le había gritado en La Rosquilla Gigante: "¡Recuerda quién eres! Eres Ulises".

A este útil consejo le siguió una única y potente frase: "Entra en acción".

Oyó el sonido de los pasos.

¿Qué debía hacer? ¿Cómo podía entrar en acción?

Debía escribir.

Debía escribir una palabra.

Pero ¿qué palabra?

CAPÍTULO CINCUENTA Y SEIS
¡Secuestrado!

$\mathcal{S}$e despertó con un sobresalto. La casa estaba increíblemente oscura. Flora se preguntó si se había quedado temporalmente ciega.

—¿Ulises? —dijo.

Se sentó y miró en dirección a la puerta. Lentamente apareció su contorno rectangular, y entonces pudo ver que estaba entreabierta.

—¿Ulises? —dijo de nuevo.

Se levantó de la cama, bajó las escaleras a oscuras y pasó delante de la pastorcita.

—Estúpida lámpara.

Se dirigió a la cocina. Estaba vacía. No había ningún humano visible al mando de la máquina de escribir. O mejor dicho, ninguna ardilla.

—¿Ulises?

Se acercó a la máquina de escribir y vio un trozo de papel blanco brillante en la penumbra.

—Ajá —dijo ella.

Se acercó más y entrecerró los ojos.

```
Querida Flora:
Tengo un temendro cariño por ti.
Pero e oído el llamado de la naturaleza.
Y debo regresar a mi hábitat natrual.
Gracias por los macrrones con queso.
Afectuosamente, el Sr. Ardilla.
```

¿El señor Ardilla?

¿El llamado de la naturaleza?

¿Un temendro cariño?

Era la mentira más grande que Flora había leído en su vida. Se veía que Ulises no había escrito nada de eso.

Solamente al final aparecía la verdad. Dos letras: *F* y *L*. Ese sí era Ulises, ella lo sabía, tratando de escribir su nombre una última vez, y tratando de decirle que la amaba.

—Yo también te amo —le susurró al papel.

Y luego echó un vistazo alrededor de la cocina. ¿Qué clase de cínica era ella, susurrando "Te amo" a una ardilla que ni siquiera estaba allí?

Pero ella lo amaba. Amaba sus bigotes. Amaba sus poemas. Amaba su alegría, su pequeña cabeza, su corazón decidido, su aliento almendrado. Amaba lo hermoso que se veía cuando volaba.

Sintió que su corazón se paralizaba. ¿Por qué no se lo había dicho? Tendría que haberle dicho esas palabras.

Pero eso no importaba ahora. Lo que importaba era encontrarlo. Flora no había estado leyendo *El elemento criminal* ininterrumpidamente durante dos años para nada. Sabía lo que estaba pasando. La ardilla había sido secuestrada. ¡Por su madre!

Respiró hondo. Meditó qué hacer y qué acciones tomar.

"En caso de verdadera emergencia, de un crimen absoluto e innegable, las autoridades deben ser notificadas de inmediato", decía *El elemento criminal*.

Flora estaba segura de que se trataba de una verdadera emergencia, un crimen absoluto e innegable.

Aun así, no parecía buena idea notificar a las autoridades.

Si llamaba a la policía, ¿qué diría?

¿Mi madre ha secuestrado a mi ardilla?

El elemento criminal: "Si por alguna razón, no resulta fácil recurrir a las autoridades, entonces debes buscar ayuda en otro sitio. ¿En quién confías? ¿A quién conoces que sea un infalible punto de apoyo para ti?".

Flora recordó de repente su sueño, lo cálida que había sentido la mano de William Spiver en la suya.

Se sonrojó.

¿En quién confiaba ella?

¡Qué fastidio!, confiaba en William Spiver.

CAPÍTULO CINCUENTA Y SIETE
Tootie al rescate

*E*ran las 2:20 a.m.

El césped estaba cubierto de rocío. Flora encaminó sus pasos a través de la oscuridad. Respiraba con dificultad porque llevaba a Mary Ann en sus brazos, y Mary Ann, a pesar de sus mejillas sonrosadas y sus rasgos delicados y su excesiva y estúpida frivolidad, era increíblemente pesada.

"Hablando de pesadez", pensó Flora.

El elemento criminal: "¿Puede uno razonar con un criminal? Esto es discutible. Pero es cierto que las reglas de la escuela infantil a menudo surten efecto en el mundo criminal. ¿Qué queremos decir con esto? Queremos decir que si el criminal tiene algo que tú quieres, entonces tú debes tener algo que él quiera. Sólo entonces es posible que se dé algún tipo de 'discusión' para comenzar".

No había nada ni nadie que la madre de Flora amara más que la lámpara. Juntos, Flora y William Spiver encontrarían a su madre. Le ofrecerían la pastorcita como rescate a cambio de la ardilla. Y entonces todo estaría bien. O algo así.

Ese era el plan de Flora.

Pero primero tenía que encontrar a William Spiver, y no creía que llamar al timbre de Tootie a las 2:20 a.m. fuera buena idea.

—¿William Spiver? —dijo Flora.

Allí estaba ella, de pie en la oscuridad, sosteniendo una lámpara apagada y con la esperanza de que un niño temporalmente ciego oyera cómo lo llamaba por su nombre y acudiera a ayudarla para rescatar a su ardilla (ardilla que, para ser un superhéroe, parecía necesitar ser rescatada con demasiada frecuencia).

Las cosas pintaban bastante lúgubres.

—¿William Spiver? —dijo ella de nuevo—. William Spiver.

Y entonces, sin realmente quererlo, empezó a decir el nombre de William Spiver una y otra vez, cada vez más fuerte.

—WilliamSpiverWilliamSpiverWilliamSpiverWilliamSpiver WILLIAMSPIVERWILLIAMSPIVER.

Por supuesto que no era posible que él alcanzara a oírla. Ella lo sabía. Pero no podía detenerse. Sólo siguió diciendo su nombre estúpida, idiota, esperanzadamente.

—¿Flora Belle?

—WilliamSpiverWilliamSpiverWilliamSpiver.

—¿Flora Belle?

—WilliamSpiverWilliamSpiverWilliamSpiver.

—¡FLORA BELLE!

Y ahí estaba él, de pie junto a una ventana oscura, conjurado, al parecer, por su necesidad y desesperación. Y por sus palabras.

Era William Spiver.

O, al menos, la sombra de William Spiver.

—Oh —dijo Flora—, hola.

—Sí, hola a ti también —respondió William Spiver—. ¡Qué encantador de tu parte que vengas a visitarme en mitad de la noche!

—Tenemos una emergencia —dijo Flora.

—Entiendo. Déjame ponerme mi bata.

Flora sintió un familiar golpe de irritación.

—Es una situación de emergencia, William Spiver. No hay tiempo que perder. Olvídate de tu bata.

—Voy a ponerme mi bata —repitió William Spiver, como si ella no hubiera dicho nada— y bajo de inmediato. Dondequiera que *esté*. Cuando uno está temporalmente ciego, incluso las cosas más obvias resultan sorprendentemente difíciles de localizar. Es muy complicado guiarse por el mundo cuando uno no puede ver. Aunque para ser totalmente sincero, me costaba guiarme por el mundo incluso antes de contraer la ceguera. Nunca he sido lo que alguien llamaría coordinado o espacialmente inteligente. No se trata de que me tropiece con las cosas. Más bien, las cosas saltan de la nada y chocan contra mí. Mi madre dice que es porque vivo en mi cabeza en lugar de vivir en el mundo. Pero yo te pregunto: ¿acaso no vivimos todos en nuestras cabezas? ¿Dónde más podríamos existir? Nuestras mentes *son* el universo. ¿No crees que es verdad? ¿Flora Belle?

—¡He dicho que es una emergencia!

—Bueno, entonces voy a ponerme mi bata y lo resolveremos todo.

Flora dejó a Mary Ann en el suelo. Miró alrededor con cara de espanto en la oscuridad. ¿Qué estaba buscando? Ella no lo sabía. Tal vez un palo con el que golpear a William Spiver en la cabeza.

—¿Flora Belle?

—¡Ulises no está! —gritó—. Mi madre lo ha secuestrado. Creo que mi madre está poseída. Creo que podría hacerle daño.

"No llores", se dijo. "No llores. No albergues esperanzas. No llores. Sólo observa".

—¡Shhh! —dijo William Spiver—. Está bien, Flora Belle. Te ayudaré. Lo encontraremos.

Y entonces la luz de la habitación de William Spiver se encendió y Tootie dijo:

—¿Qué demonios estás haciendo, William?

—Buscando mi bata.

¡TOOTIE AL RESCATE!

Las palabras aparecieron sobre la cabeza de Tootie con una especie de brillo de neón.

—¡Tootie —gritó Flora—, es una emergencia! Mi madre ha secuestrado a la ardilla.

—¿Flora? —Tootie sacó la cabeza por la ventana—. ¿Por qué llevas esa horrible lámpara?

—Es complicado —dijo Flora.

—¿Otra vez con la lámpara? —exclamó William Spiver—. ¿Qué rayos significa esa lámpara?

—A mi madre le encanta la lámpara —explicó Flora—. La llevo como rehén.

—Los momentos desesperados requieren medidas desesperadas —dijo Tootie.

—Así es —agregó Flora—. Se trata de una emergencia.

—Voy a buscar mi bolsa —dijo Tootie.

CAPÍTULO CINCUENTA Y OCHO
Nada personal

*E*staba oscuro. Muy, muy oscuro.

Y olía a tabaco.

La madre de Flora llevaba a Ulises en un saco, sobre su espalda, y caminaba a algún lugar. Y estaba muy, muy oscuro. En el último momento, la madre de Flora había recogido el trozo de papel con su poema y lo había metido al saco con él.

¿Acaso era esto un acto de bondad?

¿Se estaba burlando de él?

¿O estaba simplemente ocultando sus huellas?

La ardilla no podía saberlo, pero apretó la arrugada bola de papel contra su pecho y trató de consolarse a sí mismo. "Cosas peores me han sucedido", pensó.

Trató de recordar cuáles.

La vez que la camioneta había pasado por encima de su cola. Eso le había dolido mucho. También estaba el incidente con la escopeta de balines. Y el oso de peluche. Y la manguera del jardín. La resortera. El arco y la flecha (de goma).

Pero todo lo que le había sucedido antes palidecía en comparación, porque ahora tenía muchas más cosas que perder: Flora y su cabeza redonda y adorable. Los cheetos. La poesía. Las rosquillas gigantes.

¡Ostras! Iba a dejar el mundo sin haber probado una rosquilla gigante.

¡Y Tootie! Tootie había dicho que le iba a leer poesía en voz alta. Ahora, eso tampoco sucedería nunca.

Dentro del saco estaba muy oscuro.

Estaba muy oscuro en todas partes.

"Voy a morir", pensó la ardilla. Abrazó su poema con más fuerza, y el papel crujió y suspiró.

—No es personal, señor Ardilla —dijo la madre de Flora.

Ulises se quedó muy quieto. Esa revelación le resultaba difícil de creer.

—La verdad es que no tiene nada que ver contigo. Se trata de Flora. Flora Belle. Ella es una niña extraña. Y el mundo no es amable con los extraños. Ya era extraña antes y ahora es aún más extraña. Va por ahí con una ardilla en el hombro. Hablando con una ardilla. Hablando con una ardilla voladora y escritora. Eso no es bueno para ella. En absoluto.

¿Flora era extraña?

Supuso que sí.

¿Pero qué tenía eso de malo?

Ella era extraña en el buen sentido. Era extraña de una manera adorable. Su corazón era tan grande, tan espacioso. Al igual que el corazón de George Buckman.

—¿Sabes lo que quiero? —preguntó la madre de Flora.

Ulises no podía imaginarlo.

—Quiero que las cosas sean normales. Quiero una hija que sea feliz. Quiero que tenga amigos que no sean ardillas. No quiero que sea rechazada y termine completamente sola en el mundo. Pero eso no importa, ¿verdad?

"Claro que importa", pensó Ulises.

—Es hora de hacer lo que hay que hacer.

La madre de Flora dejó de caminar.

"¡Oh, no!", pensó Ulises.

CAPÍTULO CINCUENTA Y NUEVE
Destino desconocido

*T*ootie estaba conduciendo.

Si es que puede llamarse a eso conducir.

No tenía las manos en la posición de las diez y las dos en punto. No tenía las manos en ninguna posición horaria. En pocas palabras, Tootie conducía con un dedo en el volante. El padre de Flora se habría horrorizado.

Los cuatro iban en el asiento delantero: Tootie, Mary Ann, Flora y William Spiver. Iban a toda velocidad por la carretera. Era inquietante y emocionante ir tan rápido.

—¿De modo que tu plan es llevar a cabo un intercambio? —preguntó William Spiver—. ¿La lámpara por la ardilla?

—Sí —respondió Flora.

—Pero, y por favor, corrígeme si me equivoco, no tenemos la menor idea de dónde están la ardilla y tu madre.

Flora odiaba la frase "corrígeme si me equivoco". Por experiencia propia, las personas sólo la utilizaban cuando sabían que tenían razón.

—¡Ulises! —gritó Tootie por la ventanilla abierta—. ¡Ulises!

Flora podía imaginarse el nombre de la ardilla —ULISES— saliendo del coche y adentrándose en la noche, una única y hermosa palabra que era tragada de inmediato por el viento y la oscuridad. Su corazón se encogió. ¿Por qué, por qué, por qué no le había dicho a Ulises que lo amaba?

—No me gusta ser la voz de la razón —dijo William Spiver.

—Entonces, no lo seas —replicó Flora.

—Pero aquí vamos, a toda velocidad por la carretera. Y excediendo el límite de velocidad, ¿no es así, tía abuela Tootie? ¿Verdad que estamos excediendo el límite de velocidad?

—No veo ningún cartel de límite de velocidad —dijo Tootie, y gritó otra vez el nombre de Ulises.

—En cualquier caso —dijo William Spiver—, da la sensación de que estamos yendo muy rápido. ¿Y hacia dónde estamos yendo exactamente a esta velocidad? No lo sabemos. Vamos de camino a un destino desconocido, diciendo en voz alta todo el rato el nombre de una ardilla perdida. No parece ni un poco sensato.

—Bueno, ¿cuál es tu idea? —preguntó Flora—. ¿Cuál es tu plan?

—Deberíamos tratar de pensar a dónde lo habrá llevado tu madre. Debemos ser lógicos, metódicos, científicos.

—¡Ulises! —gritó Tootie.

—¡Ulises! —chilló Flora.

—Decir su nombre no lo hará aparecer —dijo William Spiver.

Pero decir el nombre de William Spiver una y otra vez había hecho que apareciera. Por lo que Flora sabía de *¡COSAS TERRIBLES QUE PUEDEN SUCEDERTE A TI!*, a esto se le llamaba pensamiento mágico o causalidad mental. Según *¡COSAS TERRIBLES!*, era una manera peligrosa de pensar. Era peligroso permitir a alguien creer que lo que decía influía directamente en el universo.

Pero a veces sucedía, ¿no es así?

"No albergues esperanzas", pensó Flora.

Pero no podía evitarlo. Tenía esperanzas. Había albergado esperanzas todo este tiempo.

—Ulises —gritó.

El coche desaceleró.

—¿Qué sucede ahora? —preguntó William Spiver—. ¿Hemos descubierto algo relacionado con la ardilla?

Tootie utilizó un solo dedo para situar el coche a un lado del camino.

—Déjame adivinar —dijo William Spiver a medida que se fueron deteniendo—. Nos hemos quedado sin gasolina.

—Nos hemos quedado sin gasolina —confirmó Tootie.

—Oh, qué simbólico —exclamó William Spiver.

¿Por qué, se preguntó Flora, había pensado en algún momento que William Spiver sería capaz de ayudarla? ¿Por qué había pensado en él como su puerto seguro en la tormenta? ¿Era porque él le había agarrado su estúpida mano en su estúpido sueño? ¿O era porque nunca se callaba y ella no podía renunciar a la idea de que en realidad podría decir algo en cualquier momento que fuera significativo, útil?

Hablando de pensamiento mágico.

—¿Dónde estamos? —le preguntó Flora a Tootie.

—No estoy del todo segura —respondió Tootie.

—Genial —exclamó William Spiver—. Estamos perdidos. Para empezar, tampoco es que supiéramos a dónde íbamos.

—Vamos a tener que caminar —dijo Tootie.

—Obviamente —dijo William Spiver—. Pero ¿caminar hacia dónde?

CAPÍTULO SESENTA
¡Él era Ulises!

*E*staban en el bosque.

Lo sabía por el olor a resina y el crujir de las hojas con las pisadas. Además, se percibía el poderoso y sumamente penetrante aroma a mapache. Los mapaches son los dueños de la noche. Son criaturas en verdad aterradoras, incluso más despiadadas que los gatos.

—Este lugar servirá.

La madre de Flora se detuvo. Puso el saco en el suelo. Lo abrió y una luz brillante resplandeció sobre Ulises, quien apretó el poema contra su pecho y miró hacia la luz tan valientemente como pudo.

—Dame eso —dijo la madre de Flora.

Le quitó el papel y lo tiró al suelo. ¿No se cansaría nunca de echar sus palabras por tierra?

—Este es el final del camino, señor Ardilla —dijo ella. Puso la linterna en el suelo y cogió una pala, *la* pala.

Ulises oyó la voz de Flora decir: "¡Recuerda quién eres!".

La ardilla se volvió y olisqueó su cola.

Recordó cuando Flora le mostró la imagen de Alfred T. Slipper con su uniforme de conserje, y cómo Alfred se había transformado en la brillante luz que era Incandesto. Las palabras del poema que Tootie recitó se elevaron dentro de él.

CAPÍTULO SESENTA Y UNO
Quiero ir a casa

*U*no puede orientarse con la Estrella del Norte. Supuestamente.

El musgo crece en el lado norte de los árboles. O al menos, eso dicen.

Si te pierdes en el bosque, debes quedarte donde estés hasta que alguien te encuentre. Puede ser.

Estas eran las cosas que Flora había aprendido acerca de cuando uno se pierde, leyendo *¡COSAS TERRIBLES QUE PUEDEN SUCEDERTE A TI!* No es que nada de ello fuera particularmente relevante en este caso. No se habían perdido en el bosque. Estaban perdidos en el universo. Que, de acuerdo a William Spiver, se estaba expandiendo. Qué reconfortante.

—¡Ulises! —gritó Tootie.

—¡Ulises! —gritó Flora.

—Es un inútil —exclamó William Spiver.

Flora llevaba a Mary Ann y Tootie cargaba en sus hombros a William Spiver. Flora odiaba estar de acuerdo con William Spiver, pero *sinsentido* le parecía una palabra cada vez más apropiada. Sus brazos le dolían de llevar a la pastorcita. Le dolían los pies. Le dolía el corazón.

—Veamos —dijo Tootie, escudriñando la oscuridad—. Esa de allí es la calle Bricknell. Así que no estamos realmente perdidos.

—Me gustaría poder ver —dijo William Spiver con voz triste.

—Tú *puedes* ver —dijo Tootie.

—Tía abuela Tootie —dijo William Spiver—, soy reacio, como siempre, a señalar lo obvio, pero lo haré aquí y ahora por el bien de la claridad. Tú no eres yo. Tú no existes detrás de mis traumatizados ojos. Estoy diciendo la verdad, mi verdad. No puedo ver.

—No te pasa nada malo, William —dijo Tootie—. ¿Cuántas veces tengo que decírtelo?

—¿Por qué me rechazan, entonces? —preguntó William Spiver. Su voz tembló.

—Sabes por qué.

—¿De verdad?

—No puedes empujar a un lago la camioneta de otra persona —dijo Tootie.

—Era un estanque —replicó William Spiver—, una pequeña charca. En realidad, era un hoyo.

—No puedes sumergir totalmente en un cuerpo de agua el vehículo de otra persona —dijo Tootie en voz muy alta— y esperar que no haya consecuencias graves.

—Lo hice en un ataque de ira. Admití casi de inmediato que fue una decisión muy desafortunada.

Tootie negó con la cabeza.

—¿Empujaste una camioneta a un lago? —preguntó Flora—. ¿Cómo hiciste algo así?

—Solté el freno de mano y puse la camioneta en marcha, y yo...

—Suficiente —dijo Tootie—. No necesitamos una conferencia sobre cómo empujar una camioneta a un lago.

—Hoyo —dijo William Spiver—. En realidad era un hoyo.

—¡Vaya! —exclamó Flora—. ¿Por qué lo hiciste?

—Me tomé la revancha con Tyrone —dijo William Spiver—. Mi nombre es William. William. William Spiver. No Billy. Fui Billy demasiadas veces. Hasta que exploté. Empujé la camioneta de Tyrone al hoyo y, cuando mi madre lo supo, se puso incandescente de ira. Yo miré directamente a su ira, y ya sabes lo que pasó a continuación. Estoy cegado por la incredulidad y la pesadumbre —él negó con la cabeza—. Soy su hijo. Pero ella hizo que me fuera. Ella me rechazó.

Incluso en la oscuridad, Flora podía ver las lágrimas deslizándose por debajo de las gafas de sol de William Spiver.

—Quiero que me llamen William Spiver —dijo—. Quiero ir a casa.

Flora sintió su corazón sacudirse dentro de ella.

"Quiero ir a casa".

Era otra de las tristes y bellas frases de William Spiver.

"¿Pero regresarás?".

"He venido a buscarte".

"Quiero ir a casa".

Flora se dio cuenta de que ella también quería ir a casa. Ella quería que las cosas volvieran a ser como eran, antes de que fuera desterrada.

Puso a Mary Ann en el suelo.

—Dame tu mano —dijo.

—¿Qué? —dijo William Spiver.

—Dame tu mano —dijo Flora de nuevo.

—¿Mi mano? ¿Por qué?

Flora extendió la mano y agarró la de William Spiver, y se aferró a ella. Era como si él se estuviera ahogando y ella estuviera de pie en tierra firme. Según *¡COSAS TERRIBLES QUE PUEDEN SUCEDERTE A TI!*, la gente que se ahogaba entraba en desesperación, enloquecía debido al miedo. En su estado de pánico, podían tirar de ti, del rescatador, hacia abajo, si no tenías cuidado.

Así que Flora aferró con fuerza a William Spiver.

Y en respuesta, él se aferró con fuerza a ella.

Era como su sueño. Ella sostenía la mano de William Spiver y él sostenía la suya.

—Bueno, si ustedes dos van a caminar de la mano —dijo Tootie—, supongo que me toca a mí llevar esta monstruosidad de lámpara —agarró a Mary Ann.

Por encima de ellos, las estrellas brillaban, brillaban más intensamente de lo que Flora las había visto resplandecer jamás.

—Me gustaría que mi padre estuviera aquí —dijo William Spiver. Secó las lágrimas de su rostro con su mano libre.

Una imagen del padre de Flora (con las manos en los bolsillos, el sombrero puesto, sonriendo y diciendo "¡Santa Bagumba!" con la voz de Dolores) apareció en la mente de Flora.

Su padre.

Ella lo amaba. Quería ver su rostro.

—Sé adónde debemos ir —dijo Flora.

CAPÍTULO SESENTA Y DOS
Encima de una rosquilla gigante

¿FLORA?

AQUÍ ESTOY, SENTADO ENCIMA DE LA ROSQUILLA GIGANTE. OJALÁ FLORA ESTUVIERA CONMIGO.

¿FLORA?

CAPÍTULO SESENTA Y TRES
Pescaditos

—Una ardilla entró volando por la ventana —dijo la doctora Meescham—. Esto no me lo esperaba en absoluto. Es lo que amo de la vida, que suceden cosas que uno no espera. Cuando yo era niña y vivía en Blundermeecen, dejábamos la ventana abierta por esta misma razón, incluso en invierno. Lo hacíamos porque creíamos que algo maravilloso podría llegar a nosotros a través de la ventana abierta. ¿Las cosas maravillosas acuden a nuestro encuentro? A veces sí, a veces no. ¡Pero esta noche ha sucedido! ¡Algo maravilloso! —la doctora Meescham aplaudió—. Una ventana se había quedado abierta. Una ardilla ha entrado por la ventana. ¡El corazón de una mujer mayor se regocija!

El corazón de Ulises también se regocijó. Ya no estaba perdido. La doctora Meescham le ayudaría a encontrar a Flora.

Además, la doctora Meescham podría prepararle un sándwich de mermelada.

—Imagínate —dijo la doctora Meescham—. Imagínate si yo hubiera estado durmiendo, lo que me habría perdido. Pero durante toda la vida he sido una insomne. ¿Sabes lo que es? ¿El insomnio?

Ulises negó con la cabeza.

—Significa que no puedo dormir. Cuando yo era niña y vivía en Blundermeecen, no podía dormir. ¿Quién sabe por qué? Es posible que fuera por algún terror existencial relacionado con los trols. O simplemente porque no puedo dormir.

A veces no hay razones. A menudo, la mayor parte de las veces, no hay razones. El mundo no puede ser explicado. Pero yo hablo demasiado. Estoy divagando. Tengo que preguntártelo: ¿por qué estás aquí? ¿Y dónde está tu Flora Belle?

Ulises miró a la doctora Meescham.

Abrió mucho sus ojos.

Si hubiera alguna manera de decirle todo lo que había sucedido: la madre de Flora diciendo que su vida sería más fácil sin ella, la expansión del universo, el destierro de William Spiver, la nostalgia de Flora, la escritura de su poema, haber mecanografiado las palabras falsas, la ardilla de piedra, el saco, el bosque, la pala...

Se vio abrumado por todo lo que tenía que decir y su incapacidad para hacerlo.

Bajó la mirada a sus patas delanteras.

Volvió a mirar a la doctora Meescham.

—¡Ah! —exclamó ella—, tienes demasiadas cosas que decir y no sabes por dónde empezar.

Ulises asintió.

—¿Tal vez sería bueno comenzar con un pequeño tentempié?

Ulises volvió a asentir.

—Cuando el doctor Meescham estaba vivo y yo no podía dormir, ¿sabes lo que hacía para mí? Se ponía las pantuflas, iba a la cocina y preparaba canapés de sardinas con galletas saladas. ¿Sabes qué son las sardinas?

Ulises negó con la cabeza.

—Son pescaditos enlatados. Él ponía esos pequeños peces encima de las galletas saladas para mí, y entonces yo lo oía bajar por el pasillo, llevando las sardinas y tarareando, regresando a mi lado —la doctora Meescham suspiró—. Esa ternura. Tener a alguien que se levanta de la cama y te trae pescaditos y se sienta a tu lado mientras tú te los comes en la oscuridad de la noche. Tarareándote una melodía. Eso es amor.

La doctora Meescham se secó los ojos. Sonrió a Ulises.

—Así que —dijo ella— voy a prepararte lo que mi amado esposo me preparaba a mí: sardinas con galletas saladas. ¿Te parece una buena idea?

Ulises asintió. Le parecía una idea buenísima.

—Vamos a comer, porque es importante comer. Y después, a pesar de que ya es medianoche, llamaremos a la puerta del señor George Buckman. Y él nos abrirá su puerta porque tiene un gran corazón. Y entonces, juntos, George Buckman y yo, averiguaremos por qué estás aquí y dónde está nuestra Flora Belle.

Ulises asintió.

La doctora Meescham fue a la cocina, y la ardilla se sentó en el alféizar de la ventana y miró hacia el mundo oscuro afuera.

Flora estaba ahí, en algún lugar.

Él la encontraría. Ella lo encontraría. Ambos se encontrarían. Y entonces él le escribiría otro poema. Este hablaría de pescaditos y tararear en la oscuridad de la noche.

CAPÍTULO SESENTA Y CUATRO
Un milagro

*F*lora estaba al lado del camino. Acababa de descubrirlo: allí, a un lado del camino, había esparcidas todo tipo de cosas ridículas. Para empezar, zapatos. Y calcetas totalmente raídas. Y pantalones de poliéster, esos de color celeste con la raya marcada. ¿Las personas se desnudan cuando conducen por la carretera? Había objetos metálicos: tapas de basureros, un par de tijeras oxidadas, una bujía. Y había cosas verdaderamente inexplicables. Por ejemplo: un plátano de plástico, que emitía un brillante e irreal color amarillo en la oscuridad. Este era interesante. Flora se agachó para examinarlo más de cerca.

—¿Qué haces? —preguntó William Spiver. Se detuvo también, porque ella estaba agarrada a él y él a ella. Lo que equivale a decir que William Spiver y Flora Belle Buckman estaban, increíblemente, todavía agarrados de la mano.

—Estoy mirando un plátano —dijo Flora.

Tootie caminaba delante de ellos, cargando a la pastorcita y gritando el nombre de Ulises.

La mano de William Spiver estaba empezando a estar sudorosa. O tal vez era la mano de Flora la que comenzaba a sudar. Era difícil de decir. William Spiver seguía llorando (en silencio) y Ulises estaba perdido todavía; y aquí iban ellos, caminando por una carretera tras una lámpara apagada y deteniéndose de vez en cuando para encontrarse calcetas y plátanos de plástico.

Todo esto tenía que significar algo.

¿Pero qué?

Flora hojeó mentalmente cada ejemplar de *Las aventuras iluminadas del increíble ¡Incandesto!*, todos los números de *¡COSAS TERRIBLES QUE PUEDEN SUCEDERTE A TI!* y de *El elemento criminal está entre nosotros* que había leído. Buscó algún tipo de consejo, de confirmación, la pista más pequeña sobre qué hacer en esta situación.

Y no encontró respuesta alguna. Tenía que resolverlo por sí misma.

Se echó a reír.

—¿De qué te ríes? —preguntó William Spiver.

Flora se rio más fuerte. William Spiver rio con ella.

—¿Qué les hace tanta gracia ahí atrás? —preguntó Tootie.

—Todo —respondió Flora.

—Juaaaaa —exclamó Tootie.

Y en ese momento todos rompieron a reír. A excepción de Mary Ann, que no podía reírse porque era un objeto inanimado. Pero aunque hubiera sido capaz de reír, probablemente no lo habría hecho. Sencillamente, no era de esa clase de lámparas.

Seguían riendo cuando el temporalmente ciego William Spiver se enredó con el cable de la pastorcita y tropezó.

Y debido a que se negó a soltar la mano de Flora (¿o fue ella quien se negó a soltar la suya?), Flora también cayó y aterrizó encima de William Spiver.

Se oyó un crujido y luego un tintineo.

—¡Oh, no! —dijo William Spiver—. ¡Mis gafas! ¡Se rompieron!

—Por el amor de Dios, William —dijo Tootie—. Tú ni siquiera necesitas esas gafas.

Flora estaba tan cerca de William Spiver que podía sentir su corazón latiendo de manera descontrolada en algún lugar dentro de él. "La verdad es que he escuchado muchos corazones últimamente", pensó.

—Esperen un momento —dijo William Spiver e irguió la cabeza—. Que todo el mundo guarde silencio. ¡Shhh! ¿Qué son esos diminutos puntos de luz?

Flora miró hacia donde William Spiver estaba mirando.

—Son estrellas, William Spiver.

—¡Puedo ver las estrellas! ¡Puedo ver! ¡Tía abuela Tootie! ¡Flora Belle, puedo ver!

—Es un milagro —exclamó Tootie.

—O algo así —dijo Flora.

CAPÍTULO SESENTA Y CINCO
Abre la puerta

*E*l pasillo del Blixen Arms emitía la misma penumbra verdosa, daba igual la hora del día o de la noche que fuera.

—Cuidado con el gato —dijo Flora.

—El infame Señor Klaus —dijo William Spiver y miró a su alrededor. Estaba sonriendo—. El gato que fue vencido por una ardilla superhéroe. Sin duda me mantendré alerta a su llegada. Y odio sonar como un disco rayado, pero ¿puedo decir una vez más lo maravilloso que es ver? Hablando de haber nacido otra vez. Nunca volveré a perderme de nada.

—Estupendo —exclamó Tootie.

—No estoy bromeando —dijo Flora—. El Señor Klaus podría estar en cualquier parte.

—Sí —dijo William Spiver—. Tengo los ojos abiertos. De hecho, están abiertos.

—Llama otra vez —ordenó Tootie.

Flora volvió a llamar.

¿Dónde podría estar su padre en mitad de la noche? ¿Se lo habrían llevado los robachicos? Si se trataba de un adulto, ¿también se llamaban robachicos? ¿O se llamaban robadultos? ¿O robageorgebuckmans?

Y entonces oyó reír a su padre.

Pero la risa no venía de su departamento, sino del departamento 267.

—¡La doctora Meescham! —exclamó Flora.

—¿Quién? —preguntó William Spiver.

—La doctora Meescham. Llama a esa puerta, rápido —le ordenó Flora a William Spiver. Ella la señaló con su dedo y William Spiver levantó la mano para llamar justo en el momento en el que la puerta del departamento de la doctora Meescham se abrió.

—Flora Belle —dijo la doctora Meescham—. Mi pequeña flor, querida nuestra —sonreía ampliamente. Sus dientes brillaban y Ulises estaba posado en su hombro.

Detrás de Ulises y de la doctora Meescham estaba el padre de Flora en pijama. Llevaba el sombrero puesto en la cabeza.

—George Buckman —dijo su padre, levantando lentamente el sombrero hacia todos ellos—. Encantado.

—¿Ulises? —preguntó Flora.

Ella enunció su nombre como si fuera una pregunta.

Y él le respondió.

Voló hacia ella; su pequeño, cálido y optimista cuerpo la golpeó con tanta fuerza que casi la tira al suelo. Ella envolvió sus brazos, sus manos, todo su ser alrededor de él.

—Ulises —le dijo—. Te quiero.

—¡Cuánta felicidad! —exclamó la doctora Meescham—. Así sucedían las cosas cuando yo era niña y vivía en Blundermeecen. Exactamente así. Siempre que se abría la puerta en mitad de la noche, encontrabas el rostro de alguien a quien querías ver. Bueno, no siempre. A veces era el rostro de alguien a quien no querías ver. Pero siempre, siempre en Blundermeecen, uno abría la puerta porque no podía dejar de guardar la esperanza de que al otro lado encontraría el rostro de un ser amado —la doctora Meescham miró a William Spiver y luego a Tootie, y sonrió—. Y también, quizá,

el rostro de alguien que aún no conoces, pero que puedes llegar a amar.

—Tootie Tickham —dijo Tootie—. Es un placer conocerla. Y este es mi sobrino, William. Me gustaría darle la mano, pero como puede comprobar, estoy al cuidado de esta lámpara.

—En realidad —explicó William Spiver—, soy su sobrino nieto. Y mi nombre es William Spiver. Soy consciente de que es apresurado en nuestra temprana relación que esté revelando una información tan asombrosa y profundamente personal, pero debo decirle que yo sufría ceguera temporal y que ahora, ¡puedo ver! Además, me siento obligado a decirle que su rostro me parece muy bello. De hecho, todos los rostros me lo parecen —se dio la vuelta—. Tu rostro, Flora Belle, es particularmente bello. Ni siquiera la penumbra sepulcral de este pasillo puede atenuar tu hermosura.

—¿Penumbra sepulcral? —preguntó Flora.

—Eso es porque ella es una flor —dijo el padre de Flora—, mi preciosa flor.

Flora sintió que se ruborizaba.

—Es un rostro muy bello, el rostro de Flora Belle Buckman —dijo la doctora Meescham—. Es en verdad hermoso. Pero han pasado demasiado tiempo ahí fuera; ahora deben entrar. Pasen.

CAPÍTULO SESENTA Y SEIS
¿Podrías hacer el favor de callarte, William Spiver?

—*A*sí que —dijo la doctora Meescham— hemos estado hablando con Ulises. Nos hemos esforzado en entender su historia. Por lo que hemos descifrado hasta el momento, gira en torno a una pala y un saco. Y un bosque. Y un poema.

—Y una rosquilla gigante —dijo el padre de Flora.

Ulises, posado en el hombro de Flora, asintió vigorosamente. Un perceptible olor a pescado emanaba de sus bigotes.

Flora se volvió hacia él.

—¿Dónde está mi madre? —le preguntó.

Ulises negó con la cabeza.

—¿Papá? ¿Dónde está mamá?

—No estoy seguro —respondió su padre. Se ajustó el sombrero y trató de meter las manos en los bolsillos. Entonces se dio cuenta de que estaba en pijama y no tenía bolsillos. Se echó a reír.

—Santa bagumba —dijo en voz baja.

—Necesitamos una máquina de escribir —dijo Flora.

Ulises asintió.

—Necesitamos una máquina de escribir para que podamos llegar a la verdad —dijo Flora.

—La verdad —agregó William Spiver— es una cosa escurridiza. Dudo que puedas llegar a *la* verdad. Puede que llegues a una especie de verdad. Pero ¿a *la* verdad? Lo dudo muy seriamente.

—¿Podrías hacer el favor de callarte, William Spiver? —dijo Flora.

—¡Shhh! —dijo la doctora Meescham—. Calma, calma. Quizá deberían sentarse y comer una sardina.

—No quiero una sardina —replicó Flora—. Quiero saber qué ha sucedido. Quiero saber dónde está mi madre.

Tan pronto como dijo estas palabras, se oyó un golpe, al que siguió un largo y escalofriante aullido, que fue, a su vez, acompañado por un grito muy fuerte.

—¿Qué fue eso? —preguntó William Spiver.

—Es el Señor Klaus —respondió Flora—. Está atacando a alguien.

Hubo otro grito y luego se oyó: "¡George, George!".

—Oh, oh —exclamó el padre de Flora—. Es Phyllis.

—Mamá —dijo Flora.

Ulises se puso en tensión. Clavó sus garras en el hombro de Flora.

Flora lo miró.

Él asintió con la cabeza.

Y entonces el padre de Flora salió corriendo por la puerta, y Flora fue detrás de él y William Spiver fue detrás de ella. Otro de los gritos de su madre resonó por el pasillo.

—¡George, George! ¡Por favor, dime que ella está aquí!

Flora se volvió y le dijo a Tootie:

—¡Trae la lámpara! ¡Está preocupada por Mary Ann!

Se oyó otro grito.

"¿Yo?", pensó Flora.

—Ella está aquí —dijo el padre de Flora.

La madre de Flora se echó a llorar.

¡HABÍA LLEGADO EL MOMENTO (OTRA VEZ) DE QUE LA ARDILLA VENCIERA A UN VILLANO! ¡HABÍA LLEGADO EL MOMENTO DE QUE ULISES RESCATARA A SU ARCHIENEMIGA!

¿QUIÉN GANARÍA?

¿QUIÉN SERÍA VENCIDO?

—Tenemos que calmarnos todos —dijo Tootie—. Ya lo tengo —se metió en la refriega y golpeó al Señor Klaus en la cabeza con Mary Ann.

El gato cayó al suelo y la pastorcita, como si estuviera sorprendida por su propio acto de violencia, se desmoronó. Su cara, su hermosa y perfecta cara rosa, se rompió. Se oyó un tintineo y un estruendo en el momento en que las piezas de la cabeza de Mary Ann chocaron contra el suelo.

—¡Vaya! —exclamó Tootie—. La rompí.

—Oh, oh —dijo Flora.

Pero su madre no estaba mirando la lámpara o lo que quedaba de la lámpara. Estaba mirando a Flora.

—Flora —dijo su madre—. Flora. Fui a casa y no estabas allí. Estaba muy preocupada.

—Aquí está —dijo William Spiver y le dio un suave empujón a Flora hacia su madre.

—Aquí estoy —dijo Flora.

Su madre pisó las piezas de la pastorcita rota y abrazó a Flora.

—Mi pequeña.

—¿Yo? —preguntó Flora.

—Tú —le respondió su madre.

CAPÍTULO SESENTA Y SIETE
El sofá tipo imperio

*L*a madre de Flora estaba sentada en el sofá tipo imperio. El padre de Flora estaba sentado junto a ella. La tenía agarrada de la mano. O ella a él. En cualquier caso, su madre y su padre estaban aferrados el uno al otro.

La doctora Meescham le estaba poniendo alcohol a la madre de Flora en sus mordeduras y arañazos.

—¡Ay, ay, aaaaah! —se quejó la madre de Flora.

—Ven —le dijo la doctora Meescham a Flora. Acarició el sofá tipo imperio—. Siéntate. Aquí. Al lado de tu madre.

Flora se sentó en el sofá y de inmediato comenzó a resbalarse hacia fuera. ¿Había acaso algún truco para sentarse en el sofá tipo imperio? Porque ciertamente ella no lo tenía dominado.

Y entonces William Spiver se sentó a su lado, de forma que ella quedó encajada entre su madre y él.

Flora dejó de resbalarse.

—Y subí a tu habitación —dijo la madre de Flora—. Subí las escaleras hasta tu habitación y no estabas allí.

—Estaba buscando a Ulises —explicó Flora—. Pensé que tú lo habías secuestrado.

—Es cierto —confesó su madre—. Lo hice.

Ulises, sentado en el hombro de Flora, asintió con la cabeza. Sus bigotes rozaron su mejilla.

—Quería arreglar las cosas de alguna manera. Quería que las cosas fueran normales —continuó la madre de Flora.

—La normalidad es una ilusión, por supuesto —dijo William Spiver—. No hay nada normal.

—Cállate, William —ordenó Tootie.

—Y cuando volví y no estabas allí... —dijo la madre de Flora. Comenzó a llorar otra vez—. No me importa la normalidad. Yo sólo te quería de vuelta. Necesitaba encontrarte.

—Y aquí está, señora Buckman —dijo William Spiver con una voz muy suave.

"Aquí estoy", pensó Flora. "Y mi madre me quiere. Santa bagumba".

Y entonces pensó: "Oh, no, voy a llorar".

Y lloró. Grandes y gruesas lágrimas rodaron por su rostro y cayeron en el sofá tipo imperio y temblaron allí un segundo antes de caer rodando hasta el suelo.

—¿Lo ves? —dijo la doctora Meescham, sonriéndole a Flora—. Te lo dije. Esto es lo que pasa con este sofá.

—Señora Buckman —dijo William Spiver—, ¿qué tiene en la mano? ¿Qué es ese pedazo de papel?

—Es un poema —dijo la madre de Flora—, de Ulises. Es para Flora.

—¡Miren esto! —dijo Tootie.

Todos se volvieron y miraron a Tootie. Estaba de pie junto a la descabezada Mary Ann, que estaba enchufada e iluminada.

—Todavía funciona. Algo es algo, ¿no?

—¿Por qué no lees el poema, Phyllis? —preguntó el padre de Flora.

—Oh, qué bien —exclamó Tootie—, una lectura poética.

—Es un poema de ardilla —dijo la madre de Flora—. Pero es un buen poema.

Ulises sacó el pecho.

—"Palabras para Flora" —dijo su madre—. Ese es el título.

—Me gusta ese título —dijo William Spiver.

Él agarró la mano de Flora y la apretó.

—No me aprietes la mano —dijo Flora.

Pero ella se agarró con fuerza a William Spiver y escuchó cómo su madre leía el poema que Ulises había escrito.

CAPÍTULO SESENTA Y OCHO
Fin (o algo así)

*E*ste poema fue sólo el principio, por supuesto.

Luego habría más.

Él tenía que escribir sobre la forma en que siempre, siempre se abría la puerta en Blundermeecen. Tenía que escribir sobre el rescate de Phyllis Buckman del Señor Klaus. Tenía que escribir sobre la rota pero aún radiante Mary Ann. Y sobre los pescaditos.

Tenía que escribir un poema sobre pescaditos.

También, quería escribir sobre cosas que todavía no habían ocurrido. Por ejemplo, quería escribir un poema en el cual la madre de William Spiver lo llamaba y le pedía que volviera a casa. Y un poema en el que el otro doctor Meescham llegara y visitara a esta doctora Meescham y se sentara a su lado y le tarareara y la viera dormir. Y tal vez habría un poema sobre un sofá tipo imperio. Y uno sobre una aspiradora.

Él escribiría y escribiría. Él haría que sucedieran cosas maravillosas. Algo de eso ocurriría. Todo ocurriría.

La mayor parte de ello ocurriría.

Ulises miró por la ventana y vio el sol brillando intensamente en el horizonte. Pronto sería hora de comer.

Un pensamiento maravilloso se le ocurrió a la ardilla.

Quizá habría rosquillas, rosquillas gigantes, para desayunar.

EPÍLOGO
Un poema de ardilla

Palabras para Flora

Nada
sería
más fácil sin
ti,
porque tú
lo eres
todo,
todo de todo:
chispas de colores, quarks, rosquillas
gigantes, huevos fritos,
tú
eres el universo,
siempre en expansión,
para mí.

Esta obra se imprimió
y encuadernó en el mes
de septiembre de 2014, en
los talleres de Impuls 45,
en la ciudad de Granollers.